KB237168

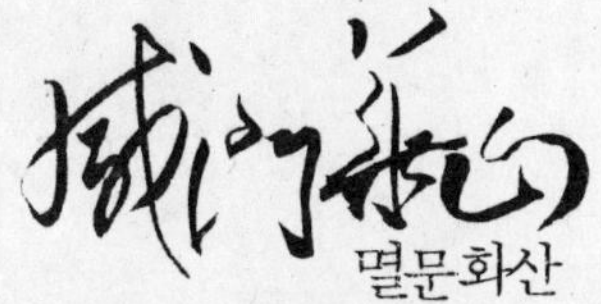

멸문화산

FANTASTIC ORIENTAL HEROES

고병인 新무협 판타지 소설

멸문화산 5

고병인 新무협 판타지 소설

초판 1쇄 찍은 날 § 2013년 10월 24일
초판 1쇄 펴낸 날 § 2013년 10월 30일

지은이 § 고병인
펴낸이 § 서경석

편집부장 § 권태완
편집책임 § 박가연
디자인 § 이혜정

펴낸곳 § 도서출판 청어람
등록번호 § 제1081-1-89호
등록일자 § 1999. 5. 31
어람번호 § 제2-2415호

주소 § 경기도 부천시 원미구 심곡2동 163-2 서경B/D 3F (우) 420-822
전화 § 032-656-4452팩스 § 032-656-4453
http://www.chungeoram.com
E-mail § chungeorambook@daum.net

ⓒ 고병인, 2013

ISBN 978-89-251-3530-4 04810
ISBN 978-89-251-3337-9 (세트)

[완결]
5
威의英島
멸문 화산
FANTASTIC ORIENTAL HEROES
고병인 新무협 판타지 소설
청
람
도서출판

目次

第二章

계약

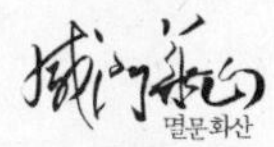

화산연합에 무려 사백 명의 병력을 투입했지만, 매화검문의 분위기는 사뭇 여유로웠다. 사백 명이나 되는 병력을 보낸 탓에 다소 휑하게 느껴졌지만 핵심 전력은 그대로 남아 있었기 때문이다.

운진 또한 약간의 여유마저 느끼고 있었다.

화산연합에 참가한 이들은 모두 무리히게 끌어모은 선력인지라 데리고 있는 내내 잡음이 보통 큰 것이 아니었다. 그런데 그들이 한 번에 사라지자 오히려 속이 시원했다.

흑사방과의 전쟁에서 유리한 국면을 맞이했다는 보고가 결정적이었지만 말이다.

여유가 많아지자 자연히 주변에 신경이 쓰였다.

그러다 드디어 전쟁이 끝났다는 보고가 들어왔다. 특히 운허가 흉심백귀와 싸워 이겼다는 보고에는 입이 찢어지도록 웃었다.

그래서 그는 그 소식을 명종에게 전하려고 했다.

무슨 일인지 모르지만 며칠 동안 두문분출하고 있는 그에게 전하기에는 이보다 더 좋은 선물이 없기 때문이다.

운진은 운학을 불러 명종에게 들리려고 했다.

"오늘도 가보았지만 만나주지도 않으셨습니다."

"아직도 그러신다고?"

운진이 곤혹스런 표정을 지었다.

"예. 사형과 저만이 아니라 며칠 동안 아무도 들어오지 못하게 하고 있습니다."

"무슨 문제라도 생긴 건가?"

"혹시 새로운 깨달음을 얻은 것이 아닐까요?"

"사부님이?"

운학의 말에는 일리가 있었다.

명종은 사람과 어울리기를 좋아한다. 타고난 성품이 그런지라 화산파의 도사였던 시절에도 수련보다는 다른 이들과의 시간을 더 가지려고 했었다.

그가 이토록 사람들을 기피하는 움직임을 보이는 것은 드문 일이었다.

"하지만 그렇다고 보기에는 우리와의 대화도 썩 반기지 않으셨는데."

운진은 그게 마음에 걸렸다.

명종은 오히려 바쁜 운진이나 운학을 불러서 담소를 나누는 사람이었다.

"아니면 몰래 찾아뵙는 것은 어떻습니까? 지금은 일을 하셔야 하니 늦은 저녁이라도 한번 가보시지요."

"그래야겠군."

운학은 운진의 말을 옳게 여겼다.

업무 뒤에 수련을 끝내니 어느새 해가 저물었다.

운진은 그제야 명종이 머무는 별채로 향했다.

별채로 향하는 길목에는 원래 명종의 주변을 지켜야 할 무인들이 있었다.

그들은 운진을 향해 말없이 고개를 숙였다.

"고생이 많네."

운진은 그들의 어깨를 두드리며 지나갔다.

어깨의 가는 떨림이 묘하게 손끝에 남아 기분이 착잡했다.

최대한 기척을 죽이고 내딛는 발걸음도 조용해졌다.

명종의 별채에는 아무런 불빛도 새어 나오지 않고 있었다.

'불도 꺼져 있다니. 주무시는 건가?'

아직 명종이 잠을 청하기에는 이른 시간이다.

대낮부터 술에 취한 경우가 아니고서는 이 시각에는 깨어 있었다.

'말소리?'

가까이 다가가 별채에 들어서려던 순간이었다.

명종의 귓가로 누군가의 말소리가 들렸다. 적어도 매화검문에서는 들어본 적이 없는 목소리였다. 목소리는 부드러웠다. 예의는 갖추었지만 비웃음이 섞여 있어 상대방을 조롱하는 듯한 말투였다.

하지만 듣는 것만으로도 소름이 돋았다.

'누가 사부님과 있는 것이지?'

명종은 순간 망설여졌다.

이 안으로 들어서면 안 될 것 같다는 느낌이 든 것이다.

하지만 그가 선택할 수 있는 것은 없었다.

"밖에 운진 장문인입니까? 들어오시죠."

아까의 젊은 목소리가 들려온다.

'기척을 죽였는데 알아차렸다고?'

순간 운진은 당황했다.

만약 알아차렸다면 가장 먼저 반응을 해야 하는 것은 명종이어야 했다.

그러나 왜 낯선 목소리가 그를 알아보는 것인가.

그리고 왜 아직도 명종에게서는 아무런 답이 없는가.

"남이 열어주지 않는다면 문 하나도 못 여는 겁니까?"

비아냥과 함께 문이 열렸다.

운진은 살짝 자세를 낮추며 곧 드러난 목소리의 주인의 모습을 살폈다.

문은 열렸건만, 정작 연 사람은 없었다.

“이건 도대체…….”

허공섭물이다.

그걸 깨닫자 운진의 표정은 점점 굳어져만 갔다.

별채에 들어가 명종의 침소로 들어갔다.

침소 안에는 희미한 달빛만이 새어 들어오지만, 그것만으로도 안을 살피기는 충분했다.

두 사람이 있었다.

명종은 초췌해진 모습으로 벽에 몸을 기대고 있는 채로 넋을 잃고 있었다. 그리고 그런 명종의 곁에는 아까 말을 걸어왔던 것으로 생각되는 사내가 있었다.

등을 보이고 있기에 얼굴을 볼 수 없다.

그러나 낯이 익다.

어디에선가 본 듯한 모습이었다.

어딜까.

어디에서 보았을까.

운진은 반사적으로 옆구리에 찬 검을 움켜쥐었다.

그러자 등을 돌리고 있던 이가 모습을 보였다.

“오랜만입니다. 화산이 망힐 때 이후 처음이지 않습니까?”

그 사내는 환하게 미소를 지으며 말을 걸었다.

임화주.

그가 눈앞에 있었다.

두 눈으로 그를 다시 보자 운진의 몸은 굳어버렸다.

그를 다시 본 것만으로도 예전의 일들이 기억이 나고야 말왔다.

처음 거둔 제자가 그의 손에 죽었을 때.

그리고 화산을 버리면 살려주겠다고 말했었을 때.

단 한 번도 암화주의 앞에서 떳떳한 적이 없었다.

언제나 뱀 앞의 쥐새끼마냥 얼어붙은 채로 있을 뿐이었다.

이번도 마찬가지였다.

운진은 몸이 굳은 것만으로도 모자라 머릿속마저 하얗게 비어지는 느낌을 받았다.

그 무력감에 불쾌하기까지 했다.

그러나 아무것도 할 수 없었다.

암화주는 그런 운진을 보며 웃고 있었다.

그 역겨운 웃음에 피가 거꾸로 도는 것 같았다.

그러자 점점 이성이 돌아오고 있었다.

"당신은 저를 볼 때마다 그러는군요. 제자 이름이 뭐였지요? 진성? 그 아이가 죽을 때부터 그러더니 참 발전이 없습니다. 역시 매화검문은 본신의 능력이 아니라 다른 사람이 쥐어주었다는 말이 딱 맞는 것 같습니다."

"…여기는 왜 나타난 거야."

"왜일 것 같습니까? 그 겁먹은 머리를 조금만 굴려보십시오. 제가 왜 며칠 동안 여기에 있었겠습니까."

"……."

설마 며칠이나 그가 있었을 줄이야.

운진에게는 최악의 일이었다.

이래서 명종이 아무도 들어오지 말라고 했던 것일까.

진즉 찾아와야 했다.

그가 오지 말라고 했더라도 억지로 문을 열고 들어왔어야 했다.

"사부님에게 무슨 짓을 한 거냐."

"청송 장문인에게 했던 짓입니다."

"사조님에게⋯⋯?"

암화주가 무엇을 했는지를 모르는 운진의 얼굴이 일그러졌다.

저 알 수 없는 말이 무엇을 뜻하는지를 알 수 없었다.

"전 청송 장문인에게 근원파의 척결을 명 내렸습니다."

"그래서 사조님을 죽인 것이냐!"

"죽여요? 제가? 무슨 소리. 청송 장문인을 죽인 것은 여기 있는 명종입니다. 당신의 사부인 사람이 죽였다고요. 그리고 는 아무것도 모르는 명현에게 죄를 뒤집어씌웠지요. 모릅니 까?"

그 말에 운진은 손에 힘이 빠지는 것을 느꼈다.

검자루를 쥐고 있던 손이 스르륵 풀렸다.

믿을 수 없다.

말이 되지 않는 소리였다.

청송은 명현을 마치 자신이 거둔 제자처럼 살갑게 대했다. 그 리고 명종 또한 명현을 같은 사부를 둔 사제처럼 여겼다. 그래 서 명현이 청송을 죽였을 때, 화산파는 끝내 분열되고 말았다.

그런데 그것이 명현의 짓이 아니라니.

그 죄를 덮어씌운 것이 명종이라니.

도대체 믿을 수 없었다.

당장에라도 명종에게 묻고만 싶다.

하지만 명종은 정신을 잃고 있었다. 답을 할 수 있는 사람은 암화주밖에 없었다.

그러나 암화주는 믿을 수 없는 이였다.

그의 말은 독보다 더 위험했다.

"내가 속을 것 같더냐!"

운진은 즉각 검을 빼 들었다.

그의 검은 암화주의 목을 향해 찔러 들어갔다.

암화주는 아무런 반응도 보이지 않았다.

그러나 운진의 검은 그에게 닿으려는 순간 멈추고야 말았다.

"이… 이 무슨… 사술이냐."

온몸에 강한 압력이 느껴졌다.

거대한 손으로 온몸을 짓누르는 것처럼 도저히 움직일 수 없었다. 혹시나 몰래 독을 푼 것이 아닐까 싶었지만, 내기의 흐름은 원활했다.

마비된 감각도 없었다.

독은 아니었다.

"사술? 이게 정말로 사술로 보입니까?"

암화주는 코웃음 치며 말을 이었다.

그는 보란 듯이 자신의 손바닥을 보여주었다.

그러자 운진의 몸이 그대로 천천히 뒤로 밀려나기 시작했다.

"이미 전 무공 따위에 얽매이지 않습니다. 그저 바라면 그렇게 이루어질 뿐입니다."

"그게 무슨……."

"어차피 당신은 모릅니다. 수준이 떨어지니까요. 그리고 제 말을 전혀 알아듣지 못하니 사부에게 직접 들으시는 것이 좋을 것 같습니다."

운진이 명종을 바라보았다.

그러자 헛구역질을 하며 명종이 정신을 차렸다.

"자, 명종. 말하십시오. 당신의 손으로 청송을 죽였다고 말입니다."

암화주가 운진을 가리키며 말했다.

그러자 명종의 얼굴은 크게 흔들렸다.

"네놈……."

"왜 말 못 합니까. 어렵지 않잖습니까, 당신 시부가 자결하기를 두려워해서 당신이 죽었다고. 겨우 그것뿐입니다. 애꿎은 사람에게 누명을 씌운 것이야 당신 됨됨이가 그것밖에 되지 않기 때문이잖습니까."

명종은 아무런 말도 하지 못했다. 눈에 띄게 수척해진 그는 분힘을 참지 못해 온몸을 부르르 떨고 있었다. 붉어진 얼굴은 금방이라도 터져 버릴 것만 같았다.

하지만 그는 아무것도 할 수 없었다.

모든 것을 포기한 그는 그대로 고개만 숙일 뿐이었다.

무언의 긍정이다.

이게 명종의 답이었다.

운진은 허탈함을 감추지 못했다.

화산이 멸문하며 이곳을 세우기까지 겪었던 모든 것이 부정당하는 것 같았다.

하지만 그보다 궁금한 것이 있었다.

왜 암화주는 그 말을 지금 꺼낸 것이었을까.

이제야 매화검문을 흔들려고 하는 이유는 무엇이란 말인가.

"왜 청송이 죽고 싶어 했는지는 궁금하지 않습니까? 중요한 건 이 부분인데."

암화주는 여전히 환한 미소를 지었다.

명종의 머리에 손을 얹은 그는 그대로 명종을 쓰다듬었다.

"지금 명종에게 고독을 심었습니다. 물론 제거는 못할 겁니다. 방법은 이대로 죽거나, 제가 가지고 있는 해독약을 주는 것뿐이지요."

"…뭘 원하지?"

"이야! 판단이 빠릅니다. 겁쟁이 운진 문주."

"……."

운진은 주먹을 으스러질 듯 쥐었다. 감탄을 마지않는 저 몸뚱이를 당장에라도 베어버리고 싶은 욕망이 들었다.

"그전에 묻지요. 여기 있는 명종을 살리고 싶습니까?"

"원하는 것을 말하고 꺼져라."

"그럽시다. 화산파를 전멸시키십시오."

"…뭐?"

"매화검문과 화산파의 일전을 보여달라는 겁니다."

암화주의 말에 운진은 눈앞이 컴컴해지는 것을 느꼈다.

이미 한 번 멸문했던 화산파였다.

그 어렸던 운허 홀로 고군분투하며 겨우 자리를 잡아가려는 곳이었다.

그런데 그곳을 공격하라니.

결국 이것이었다.

또다시 골육상쟁을 벌여야 한다.

도대체 암화주는 왜 이런 것을 원하는 것인가.

"네놈이 정말로!"

운진은 당장에라도 암화주를 향해 달려들고 싶었다.

하지만 몸이 움직여지지 않았다.

이미 암화주의 눈꼬리가 살짝 추켜올라 가며 두 다리가 벌벌 떨리기 시작했다.

그의 몸은 암화주를 알고 있다.

그 압도적인 차이에 몸은 공포를 느끼고 있다.

볼썽사납다.

부끄럽고 분해서 눈물이 날 것 같았다.

"편하게 해드릴까요? 거부하면 명종은 죽습니다. 그리고 하루에 한 명씩, 매화검문의 이들은 죽을 겁니다. 제 말이 장난이 아니란 것은 잘 아시리라 믿겠습니다. 화산파와 매화검문, 둘 중 하나는 끝나야 합니다.”

“말도 되지 않는…….”

“이거면 도움이 될 겁니다.”

운진의 말을 자르고는 암화주는 무언가를 놓고 사라졌다.

운진은 다리에 힘이 풀려 주저앉고야 말았다. 그러자 온몸이 부서질 듯 아파왔다. 의아함에 소매를 걷자 짓눌려 있던 피부에 어느새 멍이 들어 있었다.

“이건…….”

두 눈으로 보아도 이해가 되지 않았다.

사실 암화주에게 잡혀 있던 시간은 그리 길지 않았다.

그러나 그럼에도 몸에는 이미 멍이 들었다.

만약 그가 온 힘을 다했다면 어떻게 되었을까. 필시 몸이 으깨졌을 것이다.

두렵다.

그렇게 죽었을 것이라 생각하니 무서웠다.

하지만 그는 마음을 억눌렀다.

그는 명종을 보았다.

“사실입니까?”

암화주의 말이 사실이 아니기를 바랐다.

명종이 그런 거짓말을 하지 않았기를 바랐다.

“…무서웠다.”

하지만 명종은 고개를 떨궜다.

"알겠습니다."

왜 그랬냐고 더 물을 수 없었다.

이미 그도 암화주가 주는 공포에서 벗어날 수 없지 않은가.

"사부님. 사조님께서는 왜 죽여달라고 하신 겁니까."

"고독은 계기일 뿐이다. 그분은 내가 화산파를 지키기를 바라셨었지."

"……."

운진은 아무런 말을 할 수 없었다.

명종은 화산파를 벗어나 매화검문을 세우는 것에 가장 열성적이었다.

하지만 이해가 가지 않았다.

"난 화산에 있어야만, 화산이라는 이름을 써야만 화산파를 지키는 것이라 여기지 않았다. 그러나 시간이 지나니 알겠더구나. 그냥 두려워서, 무서워서 도망친 것뿐이라는 것을."

명종은 쓴웃음을 짓고는 이어 말했다.

"운진아."

"예. 사부님."

"나를 죽여다오."

"…사부님?"

운진은 자신의 귀를 의심했다.

제자에게 죽여달라니. 어떻게 그런 말을 할 수 있다는 말인가.

하지만 그의 눈에는 흔들림이 없었다.

“네 손으로 날 죽여다오.”

“못합니다.”

“죽여다오. 그러면… 그러면 된다.”

“뭐가 된다는 말입니까!”

“내가 그랬으니까. 될 거다.”

“설마…….”

그제야 운진은 왜 청송을 명종이 죽였는지 짐작할 수 있었다.

자신의 손으로 사부를 죽인다.

그게 청송이 바라던 일이라도 명종이 괜찮을 리가 없었다.

죽고 싶었으리라.

도망치고 싶었을 것이다.

그걸 멀쩡히 버틴다는 것은 있을 수 없는 일이다.

하지만 자신이 할 수 있을까.

운진은 도저히 그럴 자신이 없었다.

“사부님, 죄송합니다. 전 당신을 살릴 겁니다.”

“운진아!”

“운학이에게 아무런 말도 하지 말아주십시오. 화산파만 지울 겁니다. 운허도, 운학이도. 그리고 사부님도. 살리겠습니다.”

운진의 두 눈은 붉게 물들었다.

그의 눈이 암화주가 놓고 간 물건에 닿았다.

무림맹주라는 네 글자가 선명하게 새겨진 금패가 그곳에 있었다.

　다음 날.
　아침이 되자 운진은 매화검문의 주요 인사를 모두 호출했다. 본래 사흘마다 한 번씩 전체 회의를 가지는 날이 오늘이었지만, 평소보다도 더 모이는 시간이 빨랐다. 몇 군데 비어 있던 자리가 하나씩 차기 시작했다.
　운진은 다른 이들의 시선을 한눈에 받았다.
　모두 모인 것을 확인하고 그는 자리에 일어나 말했다.
　"화산파를 친다."
　"사형!"
　갑작스런 말에 운학이 놀라 소리쳤다.
　그는 당혹감을 감추지 못했다. 그만이 아니었다.
　좌중의 모든 이가 운진의 말을 듣고 넋이 나가 있었다.
　그들이 아는 운진의 입에서 나올 말이 아니었기 때문이었다.
　운진의 차가운 눈이 운학에 닿았다.
　"왜 그러나, 사제."
　"화산파가 적입니까?"
　"아군이더냐?"
　"기족입니다!"
　"정정해라. 가족이었다."
　"사형!"

한순간에 달라진 운진의 태도를 운학은 이해하지 못했다.

무슨 일이 있다.

하지만 그게 무엇인지 알 수가 없었다.

그러니 지금 운진의 모습에 속이 타들어갔다.

"넌 화산파의 도사냐, 아니면 매화검문의 무인이냐."

"저는……."

"난 매화검문의 무인이다. 그리고 이 자리에 있는 모두가 매화검문의 사람이란 말이다!"

운학의 거친 목소리가 좌중에 퍼졌다.

다들 눈치만 보며 침만 삼켰다.

화산파가 세워지면서 매화검문의 위치는 상당히 어정쩡해졌다. 화산파와는 관계가 없다고 말했지만, 세간에서는 매화검문이 그곳을 이어나간다는 시선을 아직도 가지고 있었다. 그랬기에 매화검문은 화산파의 속가무문들을 흡수하며 급격한 성장을 이루었다.

그런데 화산파가 재건하기 시작했다.

매화검문이 뿌리부터 흔들리는 것은 어쩔 수 없는 일이다.

그걸 견제하기 위해 예전부터 많은 이가 목소리를 높여왔다.

하지만 그걸 단칼에 잘라 버린 것이 운진이었다.

그의 변화를 쉽게 받아들일 수가 없는 노릇이다.

"화산연합의 싸움이 끝났다는 보고가 이제야 들어왔습니다. 운허… 그 아이가 그렇게 힘들게 싸웠는데 화산파를 공격한다는 것입니까!"

평소와 달리 흥분하기 시작한 것은 운학이었다.

아직도 그들에게 운허는 어린 막내사제로 남아 있었다.

화산파를 위해 죽을 각오를 하고 매화비총에 들어갔던 아이였다.

그런데 그 아이를 응원하지 못할망정 공격한다니.

겨우 새싹을 피우려는 화산파를 공격하겠다니.

운학은 도저히 이해할 수 없었다.

"그러니 지금 쳐야지. 여기서 흉심백귀를 감당할 이가 있나? 운허 그 아이도 필시 부상을 입었을 게다. 멀쩡한 상태라면 우리가 이길 리가 없지."

"사형! 그걸 말이라고 하는 겁니까!"

"나에게 사제는 단 한 사람뿐이네. 그리고 가족은 여기 있는 사람들뿐이지. 정말 모르겠나?"

"모릅니다. 그딴 것을 알 리가 없잖습니까."

"잊었나. 우리의 사조님을 누가 죽였는지. 그리고 운허의 사부를 누가 죽였는지 말이다."

"그건……."

운학의 표성이 어두워졌다.

운허와 그들의 인연은 이제는 악연이라고 봐야 했다.

운허에게 사조가 되는 청문은 그늘의 사조인 청송과 장문인 자리를 다투다가 이분화산 때 스스로 자결을 했다. 그리고 운허의 사부인 명현은 그들의 사부인 명종에게 목숨을 잃고야 말았다.

　그 사실은 지워지지 않는다.

　운허에게 명현이 어떤 존재이던가.

　그걸 모를 리가 없다.

　예전으로 돌아가기는 만무한 것이다.

　아무리 운허라도 그들을 보면 괜찮을 리가 없었다.

　운진의 목소리에는 다시 힘이 실렸다.

　"우리는 화산파를 버렸다. 잊지 마라. 화산파가 존재한다면 우리는 끝까지 패배자에 도망자일 뿐이다."

　"그래서 운허를 죽이겠다는 말입니까!"

　"반항하면 죽여야지."

　"사형!"

　운학은 탁자를 내려치며 소리를 질렀다.

　운진이 내뱉는 말은 하나같이 경악할 수밖에 없는 것들이었다.

　그와 운진의 눈이 마주쳤다.

　그러자 운진은 그의 시선을 피했다. 두 눈을 감으며 그가 말했다.

　"파문이다."

　"…사형?"

　운학은 이해할 수 없어 운진을 불렀다.

　방금 전에 그가 한 말을 도저히 이해할 수 없었다. 그는 멍하니 운진을 볼 뿐이었다.

"파문이라고 했다. 반대하는 사람이 있나?"

그에 모든 이가 운진과 운학의 눈치를 살폈다.

매화검문이 세워지는 것에 가장 큰 역할을 한 것은 다름이 아니라 명종이다.

지금처럼 세를 불린 것은 운진의 몫이었다.

하지만 운학의 비중은 결코 낮지 않았다.

그는 언제나 두 사람의 조력자가 되었으며, 때로는 이치에 맞지 않는 일에 반론을 제기함으로써 엇나가지 않게 했다. 사실상 운학은 매화검문의 살림을 도맡았다고 봐야 했다.

그런데 운진이 운학을 내친다?

이건 도저히 쉽게 받아들일 수 없는 것이다.

그러나 누구도 반론을 제기할 수 없었다.

운진의 태도에는 그 어떤 장난기나 후회 따위는 찾아볼 수 없었다.

"제가 잘못 들었습니까?"

운학의 몸이 조금씩 떨려왔다. 지독한 배신감을 도저히 참을 수 없었다. 온몸에 피가 말라가는 것 같았다. 다리에 힘이 풀려 이대로 주저앉을 것만 같았다.

"꺼져라. 지금 이 순간부터 네놈은 외인이다."

운진이 감은 눈을 뜨며 다시 말했다.

운학은 허탈한 웃음을 흘렸다. 두 눈이 아려왔다. 당장에라도 눈물이 터져 나올 것 같았다.

"…진심입니까?"

"진심이오. 당신은 이제 나와 무관한 사람이지, 소명반."

운진의 말투는 바뀌어져 있었다.

그가 자신의 본명을 부르자 운학의 몸이 휘청거렸다.

"사형, 이건 아닙니다. 잊었습니까? 이, 이건 아니잖습니까. 이러려고 화산을 내려온 것이 아니었잖습니까!"

"다들 뭐하는가. 외인을 내쫓으라!"

"사형!"

"어서 내쫓으래도!"

운진의 명에 밖에 대기하고 있던 무인들이 안으로 다가왔다.

그들은 잠시 운학을 보고 망설였다.

밖에 있다고는 하지만 안에서 소리치는 것을 듣지 못했을 리가 없다.

그들은 운진의 눈치를 살피며 운학에게 다가갔다.

"이, 일단 나가시지요."

무인 하나가 운학의 팔을 잡아끌었다.

"놓아라!"

"이러시면 안 됩니다."

"이것 놓으라고 말했다!"

그가 저항하자 무인들이 한 명씩 그를 잡아끌기 시작했다.

운학은 온 힘을 다해서 그들의 손아귀를 뿌리쳤다.

하지만 한 명씩 그의 다리를 부여잡으며 뒤로 끌어내자, 운학이라고 하여도 도저히 버틸 수가 없었다.

"사형! 이건 아니잖습니까. 사혀엉!"

차마 자신을 부여잡은 이들을 다치게 할 수 없기에 운학은 그대로 끌려 나가고야 말았다.

그가 사라지고 분위기는 싸늘하게 식었다.

운진은 목이 마른 듯 차를 마시고는 말을 이었다.

"화산파가 있다면 본 문의 존속이 힘들다. 당장은 우리가 유리하더라도 속가삼대문파가 합류한 이상, 오히려 열세인 것은 우리다. 차라리 그들이 피해 입고 지친 지금이 우리에게는 다행이지. 그렇지 않나? 문 총관?"

"마, 맞습니다."

직접 자신을 지명하며 묻자 문 총관은 황급히 고개를 끄덕였다.

"내가 지금 무슨 생각을 하고 있는 것 같나."

"…제가 어찌 문주님의 생각을 알겠습니까."

"그럼 그대의 고견을 말하라."

"이, 일단 지금 저희가 쓸 수 있는 수는 백 명 정도밖에 되지 않습니다. 화산연합에 참여했던 병력이 돌아오고 있으니, 그들이 돌아오는 즉시 가장 가까운 화산파를 공격하는 것이 나을 것 같습니다."

문 총관은 그 말을 하며 주변을 살폈다.

다들 그의 말에 큰 이견은 없었다.

정예는 매화검문에 있다고는 하지만 병력의 대부분은 현재 화산연합에 속해 있었다. 그들이 돌아오자마자 화산파로 밀고 올라간다면 유리한 것은 당연히 그들이었다.

하지만 운진은 고개를 저었다.

"그때는 화산파 장문인의 상처가 낫는다. 그를 감당할 수 있나?"

운진의 말에 다들 아무런 말을 하지 못했다.

운허가 문제다. 과정이야 어쨌든 간에 흉심백귀마저 죽여버린 그를 감당할 수 있는 사람은 매화검문에서는 없었다. 자존심을 버리고 몇 명이서 합공을 하는 수밖에 없었다.

"어차피 그들은 모두 낭인이다. 그렇지 않나?"

갑자기 무슨 말을 하는 것인가.

운진의 말에 다들 불안한 표정을 감추지 못했다.

"화산연합에 있는 안소평 대주에게 서신을 보내게."

"특별히 전할 말이라도 있으십니까?"

"화산연합이 흩어지지 않았다면, 모두 잠든 시각에 그들을 공격하라 하게."

"무, 문주님. 그러면 전 무림이 저희를 비난할 겁니다!"

"해. 상관없으니까."

운진은 품에서 하나의 물건을 빼 들었다.

"무림맹주패!"

문 총관이 경악했다. 그만이 아니었다. 좌중에서도 놀람을 감추지 못했다.

무림맹주패는 무림맹주만이 소유하고 있다.

그걸 받았다는 것은 무림맹주의 뜻이라는 것이었다.

무림맹주가 뒤에 있다면 상황은 다르다. 이건 명분이나 대의에서도 전혀 부족함이 없었다.

"대의가 여기에 있다."

운진의 말에 다들 마른침을 삼켰다.

第二章
흑비(黑匕)

흑사방과의 전쟁을 승리한 후, 뒤처리는 자홍상단이 맡기로 했다. 요새에서는 조광이 축척한 재물들이 나타났기에 그걸 탐내는 이도 적지 않았다.

하지만 애초에 자홍상단이 모든 지원을 한 전쟁이었다.

어차피 승리한 만큼, 자홍상단이 따로 피해보상을 해줄 터이니 화산연합에서도 더 이상 그 일에 대해서는 언급하지 않기로 했다.

해산 당일, 본원문의 문주인 곽홍이 운허에게 다가갔다.

운허는 흉심벽귀와의 상처 때문에 며칠 동안 제대로 거동을 하지 못했다. 아직도 상처가 다 아물지 않아서 그는 마차에 누워만 있는 형편이었다.

"장문인, 본 문에서 조촐하게나마 연회를 열고 싶습니다만, 어떠십니까?"

"우리끼리만?"

"예. 사실 매화검문 쪽을 제외하고 싶습니다만……."

곽홍은 말끝을 흐렸다.

이미 화산연합으로서의 승전연은 끝났다.

자홍상단은 흑사방의 뒤처리를 할 것이니 매화검문을 제외하면 사실상 화산파와 속가삼대문파밖에 없는 셈이었다. 매화검문도 엄연히 전우였지만, 곽홍으로서는 화산파에 속한 이들끼리만 있기를 바랐기 때문이다.

"다른 두 사람한테도 말했어?"

"서위 문주와 원용 문주에게는 미리 이야기를 해두었습니다."

"그러면 그렇게 하자."

운허로서도 속가삼대문파와의 결속을 다지면 더 좋았다.

매화검문이 그 사이에 끼면 아무래도 서로 간에 눈치를 볼 것이 뻔했기 때문이다.

하지만 문제라면 매화검문과 화산파가 가는 길이 거의 같다는 점이 걸릴 뿐이었다.

"뭐, 알아서 되겠지."

운허는 머리를 저으며 눈을 감았다.

지금 그의 머릿속을 가득 채운 것은 흉심백귀와의 일전이었다.

싸우며 이기리라 믿었다.

실제로도 승기는 그에게 기울었었다.

그러나 그 손톱에 상처를 입는 순간, 모든 것이 바뀌었다.

만약 흉심백귀가 여유를 부리지 않았다면 죽는 것은 바로 그였으리라.

'내가 상대를 얕보는 걸까?'

그건 아니었다.

운허는 상대를 최대한 몰아세웠다.

상대가 본격적으로 공격을 펼치면 상대하기 어려울 것이라 여겨서였다.

'내가 상대를 몰라서겠지.'

결국 이것이 문제다.

운허는 견문이 너무나 얕았다.

흉심백귀가 어떤 상대인 줄 조금만 알았다면, 쉽게 상처를 입지 않았을 것이다. 아니, 그전에 독에 대하여 변변한 방도가 없다는 것이 문제였다.

'끝도 없네.'

운허는 속으로 혀를 내둘렀다.

독에 대해 대응하는 것만이 전부가 아니다.

흑비가 던진 비도.

그 위력은 창을 내찌르는 것과 별 차이가 없을 정도였다.

만약 그게 여러 개가 날아온다면 아무런 상처 없이 피할 수 없으리라. 그리고 그 비도에 독이 묻어 있다면 쓰러지는 것은 당연히 그가 될 수밖에 없다.

"아저씨."

운허는 자연히 상만청을 찾았다.

상만청은 새로 제자로 들인 방석과 함께 말을 몰며 무언가 대화를 하던 참이었다.

"왜 그러냐."

"독에 어떻게 대항하죠?"

"중독되기 전에 죽여야지."

"그전에 중독되면요?"

"몸에 퍼지기 전에 혈을 막든가, 아니면 몸을 자르든가."

상만청은 자신의 어깨를 손끝으로 가르는 모습을 보였다.

운허는 자연히 흉심백귀가 떠올랐다.

흉심백귀가 그의 내공을 빼앗으려고 했다.

그러나 중독이 되었던 운허가 오히려 그 독기를 흘려보내자 흉심백귀는 지체 없이 자신의 한쪽 팔을 자르는 모습을 보이지 않았던가.

운허는 자신의 한쪽 어깨를 보았다.

"아프겠죠?"

"그러면 괜찮겠냐? 그래도 피독주와 같은 신물도 있다고 하니 알아보든가 해보거라."

"그러게요. 그건 중독되기 전에 끝내는 수밖에 없겠네요."

"당장은 그렇지. 그게 끝이냐?"

"아뇨. 암기는 어떻게 하죠?"

“네놈 수준에 암기를 두려워할 일이 있더냐?”

“제 수준의 무인이 던지는 암기면 두려워해야죠.”

그 말에 상만청의 얼굴이 굳어졌다.

운허와 조광이 대면하던 때, 그 또한 바닥에 있던 흑비의 비도 자국을 유심히 보았다. 그는 흑비를 대면하지 못했지만 비도로 그 정도 흔적을 남기려면 보통의 무인은 불가능했다.

“…그놈이 사천당가였더냐?”

“아뇨.”

“정말로? 너는 사천당가의 무공을 모르지 않느냐.”

“사천당가일 리는 없으니까요.”

확신에 찬 운허의 말에 상만청은 호기심이 동했다.

“어째서?”

“다 말씀드리기에는 사람이 너무 많아요. 왜요? 한번 싸우고 싶으세요?”

“당연하지.”

“죽으실 수 있어요. 정말로요.”

운허의 얼굴에 웃음기가 가셨다.

하지만 그건 상만청 또한 마찬가지였다.

“정말로 그렇게 여기는 것이냐? 너야말로 잘 생각해라. 암기를 주무기로 쓰는 이가 네놈만 한 무인이라고? 정말 그것이 가능할 것 같으냐?”

“…예?”

“비도야 무섭겠지. 하지만 그것 하나만으로 네가 두려워해야 할 정도라는 거다. 상대를 과대평가한 것이 아니냐?"

"……."

운허는 꿀 먹은 벙어리가 되었다.

그는 흑비를 천천히 떠올렸다.

흑비의 비도는 정말로 매서웠었다.

그 파괴력도 파괴력이지만 속도는 집중을 하지 않는다면 금방이라도 몸을 꿰뚫을 것이 분명했다.

하지만 다른 것이 있던가.

사실 그의 기도 자체가 위협적이지는 않았다.

'내가 당황한 거야.'

흑비는 강하다.

하지만 흑영에 비하면 확실히 모자란다.

운허라면 충분히 이길 수 있다.

다만, 흑비가 과연 정면대결을 펼치느냐가 문제였다.

"정면대결이 아니면 힘들 것 같은데요."

운허는 솔직히 털어놓았다.

"암살자냐?"

"그거에 가까운 것 같아요. 은신법이랑 비도술 말고는 특별한 것이 없는 것 같거든요."

운허는 흑비의 모습을 몇 번이나 떠올렸다.

확실하다.

흑비에게는 그 이상의 수가 없다고 봐야만 했다.

상만청의 말이 맞다.

운허가 지나치게 그를 과대평가하고 있었다.

'마지막 말 때문이겠지.'

그는 쓴웃음을 감추지 못했다.

흑비가 사라지며 한 말은 아직도 뇌리에서 지워지지 않았다.

표주한과 백광을 화산파로 받아들인 것이 자신의 일족을 죽이게 되었다는 그 말.

그 말이 도저히 지워지지 않았다.

'비록원에 뭔가가 있어.'

만약 흑비가 비록원 출신이라면, 흑영도 그럴 가능성이 있다.

다르게 보면 표주한과 백광 또한 암화의 수족이 될 사람들이라고도 볼 수 있었다.

계속 상념이 이어질 때, 상만청이 물었다.

"그 녀석은 계속 너를 노리는 것이냐?"

"글쎄요. 적어도 당분간은 노리지 않을 것 같아요."

"이상하군, 네놈을 손쉽게 죽이려면 이제 얼마 남지 않았을 텐데."

"그러게 말이에요."

은신술과 비도술.

그 두 개만으로도 흑비는 경시하지 못할 고수다.

지금만 하여도 그렇다.

주변을 둘러싼 인파 사이로 흑비가 숨어서 비도를 던진다면 부상을 입은 운허로서는 상대하기 어려울 것이 뻔했다.

'역시 암화주의 명이 내려지지 않은 거겠지.'

그건 확실하다.

만약 암화주가 명을 내렸다면 당장 흑비가 공격했을 테지.

"그런데 아저씨는 제자 마음에 들어요?"

운허의 물음에 상만청은 방석을 보았다.

방석은 아직도 멍이 가시지 않은 눈을 어루만지며 떨떠름한 표정을 짓고 있었다.

"왜 그럽니까? 사부."

"님 자 붙여라."

"…님."

상만청이 목소리를 깔자 방석은 고개를 푹 숙였다.

"야만십칠도 제대로 보여준 것 맞아요?"

운허는 의아해 물었다.

상만청의 야만십칠도는 같은 도객이라면 감탄해 마지않을 절기임은 분명했다.

방석 정도의 고수라면 그 진가를 알아볼 터.

그렇다면 상만청에게 저러한 태도를 보일 리가 없었다.

"아직이다."

"왜요? 보여주면 저런 모습은 없을 텐데."

"사부와 제자 사이에는 무공만이 중요한 것이 아니다."

"그럼요?"

"…인격이다."

상만청은 붉어진 얼굴을 돌리며 답했다.

"푸하하하하핫!"

"우, 웃지 마라!"

운허가 자지러지며 웃자 상만청이 버럭 소리를 질렀다. 그럼에도 미친 듯이 웃던 운허가 옆구리를 움켜쥐었다.

"아야야. 웃다가 상처 터졌어요."

"흥, 꼴좋구나."

"의원 좀 불러봐요."

"싫다."

"좀 불러요. 진짜 피 나요."

"알게 뭐냐."

"아저씨!"

콧방귀 뀌며 앞으로 가는 상만청을 운허는 다급히 불렀지만, 소용이 없었다.

"제가 불러오겠습니다."

그들의 눈치를 살피며 방석이 의원을 찾으러 갔다.

매화검문은 화산파의 속가삼대문파와 함께 길을 가고 있었나. 그들이 가는 방향이 화산파와 거의 같았기에 어쩔 수 없었다.

전쟁이 무사히 끝난 것에 안소평은 안도했다.

매화검문의 병력이 수만 많았지 훈련이 부족해 잠깐의 전투만으로도 많은 인원이 상한 것이 아쉬울 뿐이었다.

“대주님. 전령이 왔습니다.”

호위 하나가 다가와 그에게 말했다. 고개를 돌리니 온몸에 먼지를 뒤집어쓴 전령이 있었다.

“본문에서 왔습니다.”

“어서 오시게. 특별한 말씀이 있으시던가.”

“주변을 물리실 수 있습니까?”

“우리가 그러면 다른 이들의 경계를 살 수 있네.”

안소평은 그 점을 경계했다.

같은 연합의 우군이라고 할 수 있는 자홍상단이 없다.

지금은 그야말로 어색한 동지들만이 있다.

그들은 자신들의 작은 움직임도 주시할 것이 분명했다. 특히 문파 내에 직접적인 피해를 입은 본원문은 노골적으로 그들을 주시하고 있었다.

“손바닥을 주십시오.”

“그러지.”

전령은 안소평의 손바닥에 손가락으로 빠르게 글자를 써내려 갔다. 춤을 추듯 빠르게 스쳐 지나가는 글자들을 느끼던 안소평의 얼굴이 구겨졌다.

“…정말인가?”

전령은 답이 없이 한 번 더 글자를 새겼다.

사실이란 뜻이다.

“미치겠군.”

안소평은 혀를 내둘렀다.

전령이 전해준 것은 그야말로 믿지 못할 것이었다.

"정말 본문에서 온 것이 맞나?"

그는 믿을 수 없어 다시 물었다.

그 또한 화산파의 속가제자 출신의 무인이었다.

운진의 됨됨이를 잘 아는 이 중 하나였다. 그랬기에 전령이 전한 것을 도저히 믿을 수가 없었다.

전령은 말없이 고개를 끄덕였다.

"믿기 힘드네."

안소평은 곤혹스러웠다. 너무 황당무계한 것이라 받아들일 엄두조차 나지 않았다.

"이해합니다."

그러자 전령은 품에서 서신 하나를 건넸다.

"문주님께서 직접 써놓으신 것입니다."

"진작 주지 그랬나."

"제 말을 믿지 못하실 경우에 드리라고 한 것입니다. 그리고 읽는 즉시 바로 없애서야 합니다."

전령의 목소리는 비장하다.

이미 그에게서 대략적인 내용을 들은 안소평은 굳은 얼굴로 끄덕였다.

그는 서신을 조심히 읽었다.

전령이 말해준 내용과 다른 것은 없었다.

다르다면 딱 두 가지.

운진의 이름과 함께 무림맹주라는 직인이 찍혀 있는 것이었다.

"사실이군."

안소평은 말에 묶어둔 가죽물통을 꺼내어 서신 위에 물을 부었다.

그리고는 그 물에 젖은 서신을 찢어 바닥에 떨어뜨렸다.

"자네는 언제 떠날 건가."

"거사가 진행이 되는 순간 떠날 것입니다. 결과에 상관없이 말입니다."

"실패하리라 보는 것이군."

"아닙니다. 실패하지 않을 것이라 보기 때문입니다. 이 일이 진행되는 순간 매화검문은 화산파를 먼저 점령하고 적엽문에 쳐들어갈 것입니다."

"과연. 그런 건가."

미심쩍지만 그 이유라면 충분히 납득할 수는 있다.

흑사방과의 전쟁으로 화산연합 중 가장 큰 피해를 입은 것은 당연히 본원문과 철주문이다. 그들은 가진 병력의 절반 이상이 죽어버렸다.

매화검문이 급하게 모은 어중이떠중이와는 다른 정예들이라는 점이 컸다. 그 두 문파는 예전만큼의 전력을 보완하려면 적잖은 시간이 걸린다. 특히 본거지가 일부 불타 버린 본원문의 경우가 더 심했다.

그러면 현재 화산파의 속가삼대문파 중 가장 강한 전력을 보유한 것은 적엽문이다.

매화검문이 병력의 상당수가 빠져나간 적엽문을 무너뜨려 점령만 한다면 절반은 이긴 전쟁이다. 여기서 안소평이 기습을 하여 시간을 끌면 더 확실한 셈이다.

하지만 성공하기 쉽지 않다.

상대와 안소평이 이끄는 머릿수는 같지만, 그 질은 다르다.

그나마 다행이라면 운허가 부상 중이라는 점이었다.

만약 그가 중상이 아니었다면 기습을 할 것이라는 생각조차 하기 힘들었을 것이다. 흉심백귀마저 이기는 상대를 어찌 감당하는가. 기습을 하려고 하자마자 오히려 운허에게 목을 잘렸으리라.

물론 지금도 힘들다.

그러나 시간만 끄는 것이라면 불가능하지 않다.

이번 일만 성공한다면 그의 입지는 당연히 탄탄해지리라.

'해야겠지.'

안소평은 결의를 다졌다.

그가 알고 있던 화산파는 한 번 없어지지 않았던가.

그리고 매화검문은 화산파를 찍어 누르려고 하고 있었다.

이미 건너올 수 없는 강을 건넌 셈이었다.

'오늘 저녁이다.'

안소평은 두 주먹을 불끈 쥐었다.

그날 저녁.

안소평은 일부러 화산연합 전체에 술과 고기를 돌렸다.

화산파와 속가삼대문파에게는 일부러 더 독하고 많은 양의 술을 돌렸다. 적적한 밤에 취기가 오르자 기분이 좋아진 이들은 노래를 부르고 자신의 무용담을 털어놓기 일쑤였다.

안소평은 속가삼대문파의 문주들과 함께 있었다. 운허는 몸이 좋지 않았기에 자신의 막사에서 꼼짝도 하지 않고 있었다. 그걸 확인한 그는 술을 마시다 취기를 빌미로 일찍 자리를 떴다.

그는 자신의 막사에서 조용히 검을 빼 들었다.

지금쯤이면 술에 탄 수면제로 인하여 속가삼대문파의 문주들은 정신을 잃었을 것이다.

대주의 자리에 올랐을 때 운진이 주었던 검이었다.

다른 이들보다 더 강한 힘으로 검법을 펼치는 그를 위해 만들어진 것이었다. 그가 마음을 가다듬으려는 찰나 오전에 나타났던 전령이 그의 막사로 들어왔다.

"준비하신 겁니까?"

"자네는 아무렇게나 들어오는군."

"인기척은 느끼셨잖습니까."

"건방진."

안소평은 전령을 보며 눈살을 찌푸렸다.

하지만 전령은 그의 불편한 기색 따위는 전혀 신경 쓰지 않고 있었다.

"내키지 않으십니까?"

"자네는 쓸데없는 것을 물어보는군."

안소평은 전령을 핀잔주었다.

이미 결의를 다졌음에도 마음 한편이 찝찝하다.

화산파의 속가제자였던 그에게 화산파의 의미는 아직도 남 달랐다.

전령은 그를 보며 환하게 웃었다.

"힘들면 포기하셔도 됩니다."

"뭐야?"

"제가 후임이니까요."

"그게 무슨……."

안소평이 얼굴을 찌푸리며 전령을 살펴보았다.

먼지에 뒤덮여 있었지만 자세히 보니 상당히 젊은 사내였다.

저런 어린 나이에 전령을 올 정도라면 제법 실력을 인정받았다는 증거겠지만, 전혀 본 적이 없는 얼굴이었다.

"…누구지?"

그제야 안소평은 전령을 의심했다.

도대체 누굴까.

아니, 그전에 왜 전령에 대해서 아무런 의심도 하지 못했던 것인가.

그러나 곰곰이 보니 분명 낯이 익은 모습이었다.

하지만 누구인지 전혀 감이 잡히지 않았다.

"너, 너는 누구냐."

"저를 모르십니까?"

오히려 전령은 의아한 듯 물었다.

그 천연덕스러운 모습에 안소평은 순간 헷갈렸다.

"잘 모르겠는데……."

"이해합니다. 무림맹의 일로 귀하의 문파에 종종 들렀지만, 정체를 숨긴 상태였으니 눈여겨보지 않으셨다면 기억하시기 힘들 테지요."

그 말을 듣고 나서야 안소평은 어느 정도 경계심을 누그러뜨렸다.

전령은 품에서 철패를 꺼냈다.

"으음, 정말이군."

그걸 받아든 안소평의 얼굴은 한결 부드러워졌다.

철패의 앞면에는 무림맹이 적혀 있었고 뒤에는 비신대(飛迅隊)라 적혀 있었다. 비신대는 무림맹주의 비공식적인 연락을 전해주는 곳이었다.

그가 눈앞의 전령을 의심할 이유는 더 이상 없었다.

안소평은 전령에게 사과했다.

"미안하오. 내가 예민하였소."

"아닙니다. 그나저나 이제 시작하시겠습니까?"

"물론. 당장 하겠소."

무림맹의 비신대마저 왔다면 더 이상 주저할 수 없었다.

"아, 그나저나 그대의 이름이 무엇이오?"

"비신대의 흑비입니다."

"흑비?"

"처음 들어본 이름일 겁니다."

특이한 이름이다.

그러나 무림에서는 본래의 이름을 버리고 살아가는 이가 수도 없이 많다. 비신대는 무림맹에서도 은밀한 집단이니 온전히 제 정체를 밝힐 리도 없었다.

그가 밖으로 나오자 매화검문의 무인 몇이 다가왔다.

그들은 안소평이 대주로 있는 적검대(赤劍隊)에서도 고르고 고른 고수였다.

"시작하라."

그의 명에 그들이 재빨리 흩어졌다.

잠시 후, 사방에서 화산파를 멸하라는 외침과 함께 불길이 치솟기 시작했다. 뒤이어 속가삼대문파에서 비명 소리가 속출하기 시작했다.

그때 흑비가 막사 안으로 그를 불렀다.

"아, 그보다 긴히 할 말이 있습니다."

"이미 주변에 아군밖에 없습니다."

"누구도 들어서는 안 됩니다."

그 말에 안소평은 낯마땅해하면서도 막사 안으로 들어갔다.

"어떤 이야기입니까?"

"매화검문 이야기입니다."

"그게 무슨……."

"곧 죽을 겁니다."

"누가 말입니까?"

“명종 전 문주 말입니다.”

그 말에 안소평의 얼굴이 창백해졌다.

이 중요한 일을 왜 지금에서야 말을 하는 것인가.

“자세히 설명하시오!”

“목소리 낮추셔야 합니다. 죽은 사람은 말이 없으니까요.”

흑비는 손을 내저었다.

하지만 안소평은 도저히 진정할 수 없었다.

명종은 매화검문을 이 자리까지 끌어올린 사람이었다.

“왜 그분이 죽는다는 말입니까.”

“운허 장문인을 운진 문주가 죽여야만 명종 전 장문인이 살아납니다. 명종 전 장문인에게 저희가 독을 풀어두었거든요.”

“본 문의 사람이 아니라는 것인가?”

“물론입니다. 그리고 지금 그건 중요하지 않습니다. 만약 운진 문주가 죽이기 전에 운허가 죽는다면 매화검문에는 큰 피해일 겁니다. 명종 장문인이 죽는 것은 썩 달갑지 않은 일이 아닙니까.”

“설마…….”

“예. 운허는 여기서 죽습니다.”

흑비는 환하게 웃었다. 그 웃음을 보는 순간, 안소평은 등골에 소름이 돋았다.

그는 검을 빼 들어 흑비의 목에 가져다 댔다.

“무슨 수를 쓴 것인지 자세히 설명하시오. 그렇지 않다면 벨 것이니까!”

"가능하겠습니까?"

흑비는 당황한 기색 없이 되물었다. 그 여유에 다급해진 것
은 안소평뿐이었다.

"그러면 운허 장문인이 죽지 않게 해야겠지."

"저를 막을 수 있습니까?"

"무림맹이니 죽이지 않겠소. 다만, 조금 아플 것이외다."

그때 흑비가 그에게 불쑥 손을 내밀었다.

안소평은 깜짝 놀라 뒤로 물러났다.

하지만 흑비의 손에는 아무것도 없었다. 그저 맨손일 뿐이
었다.

무엇인가.

지금 자신을 상대로 장난을 치려는 것일까.

그러나 그가 느낀 살기는 거짓이 아닌 진짜였었다.

안소평은 무어라 말을 하려다 시야가 점점 붉어지는 것을
깨달았다.

손을 들어 눈 쪽을 만져보니 끈적끈적한 핏물이 만져졌다.

불안한 마음에 그의 손이 더 위로 올라갔다.

이마에 손잡이가 만져졌다.

"너……."

비도가 머리에 틀어박혔다.

도대체 언제 공격을 한 것인가.

두 눈을 뜨고서도 어째서 볼 수 없었단 말인가.

안소평은 희미해지는 의식과 함께 그 자리에서 절명하고 말

았다.

"잘 가."

그런 안소평을 보며 전령은 히죽 웃었다.

그리고는 품에 숨겨둔 검은 두건을 뒤집어썼다. 입고 있던 옷을 벗으니 흑의가 드러났다.

"넌 끝이다, 운허."

흑비.

그는 운허가 있는 곳을 보았다.

운허는 자신의 막사에서 움직이지 않았다.

백초에게 해주었던 대로 동면순심공을 변형한다면 상처는 빠르게 나을 수 있을 것이다.

하지만 그는 그동안 상처를 치료해야겠다는 생각을 하지 않고 있었다. 사실 근 며칠 동안 그는 직접 무공을 운용할 생각을 하지 않고 있었다.

흉심백귀와의 대결을 떠올리는 것만으로도 하루하루가 모자랐다.

그러나 상처가 낫지 않자 불편한 것이 한두 가지가 아니었다.

그래서 그는 막사에 들어서자마자 변형된 동면순심공을 사용했다.

옆구리에서 느껴지는 고통이 뼈까지 치미기 시작했다. 마치 개미가 온몸을 갉아먹는 듯한 고통은 쉽게 견딜 만한 것이 아니었다. 운허는 온몸에 땀을 삘삘 흘리고 있었다.

　얼마나 많은 땀을 흘렸는지 옷이 흥건하게 젖어 있었다.

　하지만 그는 비명조차 지를 수 없었다.

　동면순심공은 내부의 기운을 절대 밖으로 표출해서는 안 된다. 그래서 숨을 들이쉬고 내쉬는 것조차 극히 조심스러우며 절대 입을 열어서는 안 되었다.

　그러나 그 괴로움만큼 효과는 크다.

　가부좌를 트는 것만으로도 터졌던 상처가 조금은 아문 것이다. 적어도 움직였다고 바로 상처가 터지지는 않을 것이다.

　이대로 더 하면 된다.

　그러면 거동하기가 한결 수월할 것이다.

　하지만 운허는 그럴 수 없었다.

　"이게 무슨 소리야?"

　그는 동면순심공을 급히 끝내고 밖의 소란에 귀를 기울였다.

　술과 고기가 돌아가던 순간부터 이미 주변은 시끄러웠다.

　그러나 처음에 들린 소란과 지금의 소란은 전혀 다른 것이었다.

　비명 소리와 함성이다.

　그리고 감출 수 없는 적개심과 공포가 숨어 있다.

　운허가 그걸 못 느낄 리가 없다.

　"운허야, 빨리 끝내거라!"

　막사의 휘장을 걷으며 상만청이 다급하게 들어왔다.

운허가 무엇을 하고 있는지 알기에 밖에서 호법을 서고 있었던 그였다.

"역시 무슨 일이 있나 봐요?"

운공 중에서는 주변의 자극들을 피해야 한다.

그런데 지금처럼 휘장을 걷으며 고함을 치면 자칫 집중력이 흐트러질 수도 있었다.

상만청이 그걸 모를 리가 없다.

결국 그만큼 위험한 일이라는 뜻이었다.

"매화검문이 뒤통수를 쳤다."

"…예? 누가요?"

"매화검문이 뒤통수를 쳤다고! 지금 그놈들이 우리를 공격하고 있단 말이다!"

그 말에 운허의 얼굴에 핏기가 가셨다.

"어째서요!"

있을 수 없는 일이다.

있어서도 안 되는 일이었다.

그런데 왜 이런 일이 벌어진다는 것인가.

그가 알기로 매화검문에서 이런 일을 꾸밀 의도를 가진 사람은 소문주인 금현성뿐이었다.

하지만 금현성에게 실권은 없다.

운진의 뜻이 없다면 이런 일은 일어나지 않는다.

'사형, 설마!'

운허는 입안이 바짝 마르기 시작했다.

만약 운진이 화산파에 칼을 겨누었다면 어떻게 될까.

그야말로 최악의 상황이다.

현재 화산파는 텅 비었다고 봐야 할뿐더러, 적엽문을 위시한 다른 문파들도 주요 전력 대부분이 여기에 있었다. 그러나 매화검문의 정예들은 아직 남아 있으니 그야말로 빈 집에 들어가는 셈이었다.

'하지만 사형은…….'

그럴 리가 없다.

혹여 그가 마음이 바뀌었다고 하더라도 매화검문에는 운학과 명종이 있었다.

그들이 화산파가 공격받는 것을 두고 볼 리가 없다.

운허가 생각에 잠긴 사이 비명 소리는 점점 더 가까워졌다.

"젠장, 몰라. 어쨌든 나는 제자 놈과 매화검문에게 반격할 것이다. 너는 삼 파의 문주들에게 가거라!"

"알겠어요."

상만청은 할 말이 끝났는지 바로 소란이 일어나는 곳으로 달려갔다.

운허는 장막을 빠져나와 주변을 살폈다.

주변은 어느새 혼전 양상으로 바뀌어져 있었다.

매화검문의 이들은 물 만난 고기처럼 속가삼대문파의 무인들을 주여가고 있었다.

"빌어먹을!"

그걸 보는 운허의 입에서는 욕지거리가 치밀었다.

지금 죽어가는 이들 하나하나가 오랫동안 수련을 한 고수였다. 그런 이들이 급하게 모은 낭인들에게 무너지고 있는 광경은 치가 떨릴 수밖에 없었다.

하지만 속가삼대문파의 고수들은 마냥 무너지지 않았다.

그들은 시간이 지날수록 제정신을 차리고 버텨내기 시작했다. 그러다 그들 사이로 상만청과 방석이 합류하자 일방적으로 밀리던 속가삼대문파의 이들의 피해가 점점 줄어들고 있었다.

운허는 그사이 속가삼대문파의 문주들이 있을 막사로 갔다.

"다들 괜찮아?"

휘장을 걷어 들어가자 머리가 아플 정도로 술 냄새가 풍겨왔다. 그리고 세 명의 문주는 쓰러진 술병 몇 개와 함께 탁자 위에 머리를 떨군 상태였다.

운허는 황급히 그들의 상태를 살폈다. 다행히 큰 상처는 없었다.

다만 아무리 흔들어도 일어나지 않을 정도로 잠에 취해 있을 뿐이었다.

"약을 썼구나."

그들이 마시다가 만 술잔을 들어 맛을 본 운허는 혀를 찼다.

이래서야 큰일이다.

문주들이 이 모양인데 어떻게 매화검문과 맞서 싸운다는 말인가.

운허는 갈등했다.

그라면 지금 잠든 이들을 깨울 수는 있었다.

하지만 그러기 위해서는 시간이 어느 정도 필요했다.

세 사람의 몸에 그의 기를 보내어 수면제의 효과를 없애야 했기 때문이다.

그사이에 누군가가 방해를 하면 운허까지도 위험해진다.

전쟁에서 가장 효과적인 것 중 하나는 적의 수장을 죽이는 것.

안소평이 그걸 모를 리가 없었다.

운허조차도 문주들의 목숨을 먼저 노리는 것이 유리함을 알고 있지 않은가.

그리고 그 불안함이 딱 맞아떨어져 버렸다.

그가 있는 막사 주변으로 열 명 정도의 기척이 다가왔다.

그들 모두 상당한 수준의 고수였다.

안소평이 보낸 정예들이 벌써 나타난 것이다.

그들은 막사로 들어오지 않았다.

그들이 활시위를 거는 소리가 들리자 운허는 황급히 막사 안에서 켜진 촛불들을 꺼뜨렸다.

막사 안이 밝아져 밖에서 그가 있는 대략적인 위치를 알아차린 것이다.

휘장을 뚫으며 화살들이 날아왔다. 반 이상이 제대로 조준이 되지 않아 그에게서 멀리 날아갔지만, 일부는 정확히 그와 세 명의 문주를 노리고 있었다.

운허는 황급히 양손으로 성파장을 펼쳤다.

그의 강한 장력에 화살들은 그대로 박살 나 바닥에 떨어졌다.

막사에 뚫린 구멍들 사이로 적들의 살기가 느껴져 온다.

운허는 반사적으로 상처에 손을 얹었다. 다행히 상처는 터지지 않았다. 방금 전에 펼친 정도의 충격에만 상처가 견뎌준다면, 이 상황을 타개할 자신은 있었다.

그러나 이 상황이 오래가서는 안 되는 일이다.

그는 기척이 느껴지는 방향으로 성파장을 펼쳤다. 파공성과 함께 휘장이 찢겨 나갔다.

막사 주변을 둘러쌌던 이들은 황급히 피했다.

그들 또한 이미 성파장에 대해서는 알고 있었다.

이미 소리가 들렸을 때부터 피했을뿐더러 막사가 찢겨져 나가니 피하기가 더 쉬웠다.

"몸 상태가 돌아왔다. 모두 달려들어!"

매화검문 정예의 판단은 빨랐다.

화산연합에서도 운허의 부상은 아직도 거동하기 불편하다고 알려져 있었다. 그러나 운허가 반격을 하자 그들은 당황하지 않고 달려들었다.

운허는 달려오는 그들을 빠르게 훑었다.

그들 중 반은 화산파의 속가제자였던 이였다. 이러니 익숙한 느낌이 들 수밖에 없다.

그러나 감상에 젖어 있을 시간은 없었다.

운허는 자신의 검을 뽑아 들었다. 검을 쥐지 않은 손으로는 첫 번째로 다가온 이를 향해 성파장을 날리고, 그다음으로 가까이에 온 이를 향해서는 검을 찔렀다.

첫 번째 적은 용케 검으로 성파장을 막았다.

운허가 전력을 다하지 않았기에 그는 검을 쥔 채로 뒤로 밀려났다.

그러나 두 번째 적은 운허의 검을 피하지 못했다.

운허의 검은 정확히 그의 어깨를 찔러 버렸다.

운허가 검을 추스르자 뒤에 다가오던 이들이 속가삼대문파의 문주들의 머리를 칼로 내려찍었다.

운허는 황급히 몸을 틀어 검으로 그 도를 밀어내고 그의 가슴을 주먹으로 후려쳤다. 그러자 적은 가슴이 함몰되며 피를 토하고 죽어버렸다.

화산파 속가제자였던 이였다.

그 이름은 기억나지 않지만 예전에 웃으며 인사했던 때가 기억난다.

운허는 이를 악물었다.

그래서 어쩌란 말인가.

저들의 손에서 죽어줄 수는 없는 노릇이었다.

그는 검에 내력을 주입했다.

검이 작은 울음을 토해내며 불이 번지기 시작한 막사 안에서 춤추듯이 휘둘러지기 시작했다.

운허가 본격적으로 검을 휘두르자 그를 둘러싼 이들은 감히 맞설 수가 없었다. 검으로 막으면 검이 잘려 나간다. 피하려고 해도 검끝이 그들의 가슴이나 팔을 갈라 버렸다.

지금 운허의 검은 마치 소나기와 같았다.

그가 검을 거두자 맞서던 이들은 피를 토하며 쓰러졌다.

운허가 무의식적으로 사혈을 피했기에 죽는 것은 피했다. 그러나 상처가 깊어 움직일 수 있는 상태는 아니었다.

모두 바닥에 쓰러져 가는 숨만을 내뱉고 있을 뿐이었다.

그는 말없이 그들을 내려다보았다.

저들을 당장 치료하지 않으면 정말 위험해진다. 여기서 죽을 것이다.

그러나 저들은 적이었다.

그리고 저들을 치료할 시간도 부족했다.

"우, 운허 장문인!"

뒤늦게 속가삼대문파의 이들이 운허를 찾아 달려왔다.

그들도 자신들의 장문인이 어디에 있는지를 뒤늦게 생각한 것이다.

"문주들을 지켜. 그리고 저들을 치료해 놔."

"하지만……."

"명이야. 저들이 아는 것이 있을 거야. 죽게 하지 마."

"알겠습니다."

세 명의 문주를 맡기고 운허는 조용히 전황을 살폈다.

처음에는 속절없이 밀렸지만, 뒤늦게 정신을 차리자 전황은 팽팽해졌다. 아니, 오히려 고수의 수가 더 많은 속가삼대문파 쪽이 더 유리해지고 있다고 봐야 했다.

"안소평……."

운허는 지금 매화검문의 병력을 이끄는 그를 떠올렸다.

무슨 생각을 한 것인지 그에게 들어야 한다.

그는 아직 상처가 괜찮은지 확인하고는 매화검문의 병력들 사이로 뛰어들었다.

"화산파 장문인이다!"

"신풍주협이 나타났다!"

운허의 등장만으로도 적들은 술렁였다.

어쨌든 간에 흉심백귀를 단신으로 이긴 그다. 상처가 중하여 운신도 하지 못한다고 알려진 그가 나타나자 매화검문의 이들이 흔들리는 것은 어쩔 수 없었다.

"안소평, 어디 있어. 당장 튀어나오지 못해!"

운허는 직접 검을 휘두르며 목소리를 높였다.

먼저 그는 가장 약한 적들이 모인 곳으로 발걸음을 옮겼다. 적의 진형을 흐트러뜨리려면 가장 약한 곳부터 뚫는 것이 맞는 일이었다.

그는 상처를 의식해서 최대한 간결하게 검을 휘둘렀다. 허리를 틀지 않고 팔만으로 검을 휘두르는 것이었기에 처음에는 익숙하지는 않았다.

그래서 누가 보아도 운허의 움직임은 불편해 보였다.

그러니 매화검문의 이들은 운허의 상처가 다 낫지 않다고 여겼다.

운허의 상처가 심하다면 그들에게도 승산이 있었다.

이미 그들도 흉심백귀와 운허가 어떻게 싸웠는지 보았지 않은가.

실낱같은 희망에 몇몇 이가 운허에게 더 달려들었다.

하지만 그들은 운허에게 가까이 다가가는 순간 목숨을 잃었다. 화산파의 검에 가장 정통한 그의 움직임 하나하나가 아름다웠다. 이미 모든 검법을 담아내는 수준인 그의 작은 손짓 하나도 화산파의 무공이 아닌 것이 없었다.

그래서 그에게는 단점이 있었다.

화산파의 무공은 누구와 대적하기에 시작한 것이 아니다.

운허의 깨달음 또한 그랬다.

누구와 상대를 하면서 얻은 것이 아니라, 혼자만의 생각과 시간만으로 깨달은 것이다. 단 한 번도 누군가와 싸우기 위해 익힌 적이 없었다.

언제나 익혀왔던 대로 무공을 펼쳤다.

그러니 문제가 생길 수밖에 없다.

다른 이와의 싸움에서 익혀왔던 대로만 무공을 펼칠 수는 없다. 워낙 많은 무공과 초식을 사용하니 그와 처음 맞서거나 경지가 낮은 이들은 알아차리지 못한다.

그러나 그도 모르게 틀에 박힌 무공을 쓴다는 것은 비슷한 수준의 이들이라면 깨닫게 되는 버릇이었다.

그래서 그가 펼치는 무공에는 군더더기가 많았다.

화산파의 모든 무공을 익혔어도 감추어지지 않는 경험의 부족함이었다.

하지만 지금 운허의 움직임에는 그것들이 사라지고 있었다.
전과 달리 신체의 제약으로 몸의 움직임을 최대한 간결하게
하는 것이 효과를 보이고 있는 것이었다.

운허는 상황에 가장 맞는 초식들을 쓰기 시작했다. 그리고
그가 알고 있던 변초가 아니라 상황에 맞추어 초식을 바꾸기
도 했다.

지금 운허의 검은 마치 유령처럼 보였다.

그러니 점점 그를 향해 다가오는 이들이 사라졌다.

그의 앞에 자연히 길이 뚫리고 말았다. 질세라 상만청과 방
석도 기세를 올리기 시작하니 그렇지 않아도 속가삼대문파 쪽
으로 기울어 가던 기세가 급격히 기울어지기 시작했다.

운허는 그대로 안소평의 막사를 찾아갔다.

매화검문의 막사 중 가장 뒤에 위치해 있는 막사로 가는 그
의 발걸음을 막는 이들은 없었다.

그러나 그 뒤의 다른 이들마저 그대로 놓아두지 않았다.

그들에게 운허는 이미 재해와도 같았다.

하지만 다른 이들은 아니었다.

앞으로 가는 깃만을 신경 쓰던 운허는 어느새 고립되었다.

이미 그의 주변에 동료는 없었다.

매화검문의 이들만이 그의 곁에 있을 뿐이었다.

그러나 그들은 그를 건드리지 않았다.

'안소평의 짓인가?

문득 운허는 그 생각이 들었다.

지금 가만히 매화검문의 이들을 보니 생각보다 잘 버티고 있다는 느낌이 들었다.

개개인의 능력은 떨어져도 얼추 상대하고 있었다.

아까 전에 그가 나서며 뒤집어졌던 분위기와는 사뭇 달랐다.

그러니 운허로서는 안소평이 명을 내렸다고밖에 여길 수 없다.

운허 하나만을 통과시킨 것만 보아도 그렇다.

그가 뒤에 있음에도 매화검문의 이들은 오로지 앞만 신경 쓰고 있지 않은가.

'누구지? 누가 온 거지?'

운허는 잠시 생각에 잠겼다.

안소평은 멍청한 사람이 절대 아니었다.

그가 믿는 무언가가 있기 때문에 이런 짓을 벌였을 것이다.

사실 걸어오면서 그는 처음부터 계획된 일이었으리라는 생각마저도 하고 있었다. 그렇다면 필시 준비된 패가 있는 것이 자연스러웠다.

부상 입은 그를, 혹은 상만청을 상대할 수 있는 누군가.

운허는 자연스레 그를 떠올렸다.

"흑비."

그래, 그밖에 없다.

처음부터 답은 나와 있었다.

암화는 이미 매화검문에도 영향을 끼치고 있었다.

흑비는 분명 운허를 죽일 것이라고 말했다.

흑사방과의 전쟁 후에 홀연히 사라진 그가 어디서 운허를 지켜보겠는가.

도대체 어디서 그를 보고 있었을까.

답은 하나였다.

그는 화산연합에 숨어 있던 것이었다.

그러니 기다렸을 것이다.

운허의 상처가 얼마나 심각한지 확신을 갖기까지 기다렸을 것이 분명하다.

"흑비! 안소평!"

운허는 그들의 이름을 크게 부르며 앞으로 나아갔다. 여기저기 불이 붙은 막사들 사이로 큰 막사가 보였다.

안소평이 머무르는 막사로 그 주변에는 아무도 없었다.

따로 숨어 있는 이들도 없어 보여 운허는 안심하며 막사로 갔다.

막사의 촛불 때문에 둘의 그림자가 비추어졌다.

그 그림자의 주인들이 흑비와 안소평이리라 운허는 짐작했다.

'힘들겠지.'

운허의 부상은 잠깐 치료한다고 낫는 것이 아니다.

아직까지야 괜찮았지만 조금만 무리한다면 상처가 덧날 것은 분명하다.

흑비 하나만으로도 벅찰 것이 분명하다.

그런데 안소평까지 있다면 길어질수록 불리하다.

최대한 빨리 끝내야 한다.

운허는 숨을 고르며 막사 안으로 들어가려고 손을 뻗었다. 그러자 바람을 가르는 소리가 들려왔다. 그는 지체하지 않고 옆으로 몸을 틀었다.

방금 전, 그의 심장이 있던 위치를 비도가 뚫고 지나갔다. 조금이라도 늦었다면 죽는 것은 그였으리라.

운허는 막사의 휘장을 잘라냈다.

그 안에서 그는 죽은 채로 의자에 앉혀진 안소평의 시체와 그 옆에서 비도 하나를 들고 있는 흑비가 보였다.

"왔나, 운허?"

"너였네. 역시."

"멀쩡하네. 내 생각보다도."

"아쉬워?"

"전혀. 오히려 다행이지. 최대한 멀쩡해야 죽이는 맛이 있지."

말의 끝맺음과 함께 흑비의 비도가 운허의 무릎을 향해 날아왔다.

운허는 검으로 비도를 튕겨냈다.

그 나름대로는 힘을 실었음에도 검을 쥔 아귀와 옆구리의 상처가 아려왔다. 그만큼이나 흑비의 비도는 강한 힘이 실려 있었다.

'힘들겠네.'

운허는 쓰게 웃었다.

차라리 처음 흑비를 만났을 때에 승부를 봤어야 했다. 이미 그때에는 가볍지 않은 상처를 입었다지만, 흑비는 흥분해 있었다.

지금처럼 흑비가 원하는 준비가 끝났을 시점에서 싸우는 것은 옳지 않았다.

이건 범의 아가리에 뛰어든 꼴이었다.

하지만 이미 물러날 수 없었다. 이제는 흑비와 싸우는 수밖에 없었다. 적어도 안소평은 죽은 상태지 않은가. 정말 최악의 상황은 아닌 셈이었다.

운허는 그렇게 스스로를 위로했다.

그는 천천히 흑비에게 다가갔다.

그러자 흑비는 그의 보폭에 맞추어 뒤로 물러났다.

그에 운허가 자리에 멈추자, 흑비 또한 그렇게 멈추었다.

"그게 네가 자신하는 거리야?"

그와 흑비의 거리는 스무 걸음 정도.

흑비가 왜 그 거리를 고수하는 것을 보여주는 것인지 운허는 쉽게 이해되지 않았다.

'저 거리에 얽매이지 말자.'

흑비가 유지하는 스무 걸음은 일종의 심리전일 수 있다.

지금까지 흑비가 보인 비도술은 강한 파괴력을 지녔지만 운허가 피하지 못할 정도는 아니었다.

'어쩌면 내 상태를 보려는 거겠지.'

운허의 상처는 다 낫지 않았다.

지금도 상처가 덧날까 봐 조심하며 싸우고 있다.

그래도 그가 두 발로 돌아다니는 것을 흑비가 경계하고 있는 것일 수 있다.

‘그러면…….’

운허는 손을 들어 올렸다.

어느 정도 거리가 있는 상대에게 가장 효과적인 성파장이었다. 그가 성파장을 사용하기도 전에 흑비는 옆으로 피하며 비도를 날렸다.

운허는 성파장과 비도가 부딪혔다.

비도는 성파장에 튕겨나가 바닥에 꽂혔다.

“그게 끝이면 힘들 텐데?”

운허는 다시 손을 들어 올렸다.

비도를 검으로 받는 것보다는 성파장이 훨씬 낫다.

지금과 같은 구도라면 운허도 충분히 시간을 끌 수 있다고 여겼다.

“그러면 어디 버텨보든가.”

흑비는 그 말과 함께 막사에서 물러났다.

운허는 곧장 그를 쫓으려고 했으나 흑비의 속도가 너무 빨랐다. 그가 막사에서 나서기도 직전에 이미 흑비의 기척은 느껴지지도 않았다.

그는 검을 축 늘어뜨렸다.

온몸의 힘을 풀고 주변의 작은 소리와 기척을 느끼려 했다.

　처음에 느껴지는 것은 역시나 매화검문과 속가삼대문파의 싸움 소리였다. 겁에 질린 것을 들키지 않기 위해 목을 쥐어짜듯 지르는 고함 소리. 그 사이로 바람이 불었다. 수풀이 흔들리며 벌레들의 울음소리가 들려왔다. 그리고 한 곳의 소리가 미묘하게 달랐다. 바람의 흐름이 막혀 있다. 수풀의 흔들림도 유독 적었다. 그러나 벌레들의 울음소리는 더 컸다.

　‘느껴진다.’

　그의 고개를 그곳으로 향하는 순간.

　겨울바람보다 더 서늘한 소리와 함께 비도가 날아왔다.

　흑비의 기도를 느끼느라 반응이 늦었던 운허는 검을 들어 막았다. 역시나 강한 충격과 함께 손아귀가 뻐근하다. 허리를 틀었더니 상처 부위에서 다시 피가 흐르기 시작했다.

　운허는 마음을 가라앉혔다.

　지금 상황만 보면 그가 유리하다고 할 수 없다.

　그러나 전체적인 상황을 봐야했다.

　매화검문의 병력이 많다고 해도 그들은 엄연히 오합지졸이다. 기습은 성공했지만, 속가삼대문파의 고수들이 정신을 차리기 시작한 이상 그들이 오래 버틸 수는 없을 것이다.

　‘그러면 내가 이겨.’

　지금처럼 서로의 대치전만 이어간다면 지지 않는다.

　운허는 그런 자신감을 가졌다.

　하지만 이대로 시간만 보내는 것은 마음에 들지 않았다.

　“암화주에게 끌려간 거지?”

운허는 다시 날아오는 흑비의 비도를 튕겨냈다.

이번에도 비도를 날리고 사라지는 그의 기척을 잡기가 힘들어 또다시 검으로 막아야 했다. 옆구리의 상처가 더 벌어지며 피가 더 많이 흘렀다.

하지만 운허는 신음 소리 한 번 흘리지 않았다.

운허의 말에 답이라도 하듯이 아까전과는 달리 몇 개의 비도가 동시에 날아들었다. 그에 운허 또한 물러나지 않고 비도를 튕겨내었다.

운허는 흑비의 기척이 느껴지는 곳으로 걸어갔다.

잠시 망설이던 흑비의 기척이 사라지며 곧이어 운허의 우측에서 비도가 날아들었다. 좀 전과 달리 비도의 속도는 미세하게 느려졌다.

운허의 사혈만 노리던 것이 비교적 맞히기 쉬운 허벅지 쪽으로 날아왔다.

'비도가 몇 개나 있을까.'

흑비의 몸은 호리호리한 편이었다.

온몸에 비도를 숨겨둔다고 해도 이대로 가면 곧 던질 비도가 적어질 것이 분명했다.

기다린다.

운허는 우두커니 그 자리에 멈추었다.

고수가 무기를 가리지 않는 것은 하수와 싸울 때였다.

같은 경지 혹은 그 이상의 경지의 상대와 싸울 때에 손에 익지 않은 무기를 가져가는 것은 최악의 선택이다.

특히 흑비처럼 암기류를 사용하는 이들이 그러하다.

비도가 다 떨어진다면 흑비가 지금처럼 공격을 할 수 없을 것이 분명했다. 이대로라면 흑비에게는 전면전 말고는 방법이 없으리라.

운허의 노림수를 아직 눈치채지 못해서였을까.

흑비는 멈추지 않고 비도를 던졌다. 비도에 맞지 않고 다 튕겨낸 운허였지만, 이미 상처는 벌어져 있었다. 핏물은 흘러 어느새 신발까지 적신 상태였다.

하지만 비도가 연이어 던져지지 않는 순간이 오자 운허는 지체하지 않고 움직였다. 흑비의 기척이 사라지기도 전에 그는 어느새 흑비의 앞에 나타났다. 이미 덧난 상처는 신경 쓰지 않은 그의 움직임에 물러나려던 흑비의 몸이 굳었다.

운허의 검이 자색의 검강을 그려냈다.

먼저 표풍검법 중 동풍섬격(冬風閃激)을 시작으로 대청검법의 우후청천(雨後靑天)을 거친 후, 매화검법의 매화만개(梅花滿開)로 이어지는 그만의 연환식이었다.

갑작스런 운허의 접근에 놀란 흑비었지만, 그는 표풍검법을 알아보았다. 동풍섬격은 표풍검법 중에서도 극쾌의 초식이었다. 화산파에서도 보기 드물게 살기 넘치는 것이라고 볼 수 있었다.

하지만 미리 알고 있다면 피할 수 있다.

흑비가 몸을 틀자 등이 검에 스쳐 옅은 생채기가 났다.

그가 몸을 낮추어 땅을 박차 뛰어오르려고 하자, 그의 얼굴로 우후청천의 초식이 펼쳐졌다. 자색의 검기가 마치 하늘처럼 그의 사방을 비추어왔다.

이미 동풍섬격을 피했기에 안심을 하던 그의 얼굴은 일그러졌다.

어쩔 수 없이 그는 뒤로 물러났다.

우후청천의 초식은 상대를 제압하기 위한 초식이었다.

그의 몸을 옥죄기 전에 물러나는 것이 정답이었다.

그러나 우후청천의 초식이 돌연 매화만개로 바뀌어지기 시작했다.

자색의 검기가 검강으로 바뀌며 매화를 그려내었다.

흑비는 황급히 지니고 있던 비도를 뿌려댔다.

이미 그의 전방에 펼쳐진 매화는 못해도 스무 송이 이상.

그가 전력을 다한 비도가 부딪힐 때마다 매화가 한 송이씩 깨져 나갔다.

그러나 비도의 수가 모자랐다.

그가 비도를 아무리 날려도 매화의 수는 줄지 않았다. 오히려 더 넓게 펼쳐지는 매화는 그의 몸에 닿는 순간 서른 송이가 넘게 번졌다.

그리고 흑비는 강하게 이를 악물었다.

운허의 매화가 몸을 파헤치며 핏물이 뿜어졌다.

'끝이다.'

손에 확실한 촉감이 느껴졌다.

운허는 말없이 서 있는 흑비를 보았다.

비록원 출신으로 짐작되는 흑비는 표주한 장로와 백광과 같은 표가의 사람이 분명했다. 무작정 그를 죽이려고 하자 손끝이 멈칫거려졌다. 그리고 그 대가는 확실하게 치러 버렸다.

흑비는 비교적 멀쩡히 서 있었지만, 운허는 왼쪽 어깨와 허벅지에 비도가 틀어박혔다. 뼈까지 닿았는지 제대로 서 있기도 힘들었다.

이 정도 상처라면 비도를 뽑는 순간 출혈 과다로 목숨이 위험하리라.

운허는 그대로 혈도를 짚었다.

비도에 맞은 상처는 물론 흉심백귀에 막 당했을 때처럼 피가 흐르던 옆구리 상처의 출혈도 조금은 줄어들었다. 그와 함께 통증도 줄어들었다.

그러나 그건 운허로서는 썩 좋은 선택은 아니었다. 통증과 함께 감각도 희미해졌다. 이래서는 몸을 움직일 때 적잖은 제약이 걸릴 것이 분명했다.

그럼에도 운허가 상처의 혈을 집은 이유는 하나였다.

이미 흑비와의 싸움이 끝났다 여겼다.

두 눈이 초점이 흐릿해진 흑비는 정신을 잃은 것처럼 보였다.

운허가 그에게 손을 뻗는 순간, 흑비의 목울대가 움직였다.

그리고는 흑비는 갑자기 정신을 차리며 뒤로 물러났다.

"이, 이런……!"

갑작스런 그의 행동에 놀란 것은 운허였다. 초주검 상태임

에도 흑비의 움직임은 아무런 상처를 입지 않은 것처럼 보였
다. 직접 두 눈으로 보던 운허가 놀라 아무런 손을 쓰지 못할
정도였다.

운허는 황급히 그의 기척을 찾았다.

그러나 흑비는 몸을 숨겼는지 아무런 것도 느껴지지 않았
다.

도망이라도 갔을까.

운허는 혹시나 하는 마음이 들었지만, 이내 고개를 저었다.
조금씩 흑비의 기척이 느껴졌다. 거친 숨소리와 함께 살기가
점점 짙어지고 있었다.

운허는 숨을 골랐다.

방금 전에 흑비가 보여준 몸놀림을 생각하면, 유리한 것은
오히려 흑비라고 보아야만 했다. 흑비는 두 개의 비도를 역수
로 쥔 채로 모습을 드러냈다.

'뭐지?

운허는 그 모습이 이질적으로 느껴졌다.

흑비는 기척을 숨기는 은신술은 그야말로 대단했다. 암살로
만 국한한다면 그 분야에서는 손에 꼽히는 실력자임은 분명할
것이다.

그러나 지금 흑비는 그냥 모습을 드러냈다.

비도가 두 자루밖에 없어서일까.

그는 오히려 기척을 더 뚜렷하게 나타내고 있었다.

기척을 숨기려 하지 않고 오히려 더 기척을 드러내 보이고

있었다.

'아니, 기척이 문제가 아냐.'

흑비의 상처는 치명적이었다.

그에게 당한 상처가 깊어서 여기저기 살점이 깊게 파인 곳
에서는 뼈까지 훤히 드러나 보였다. 흑의 전체를 피로 적셨건
만, 그는 멀쩡히 서 있었다.

지금 붉게 물든 두 눈에서도 금방이라도 핏물이 흘러내릴
것 같았다.

보통 사람이면 당장 죽을 상처다.

흑비가 고수라고 해도 마찬가지였다. 더 이상 움직이면 죽
을지도 모를 상처였다. 숨을 쉬는 것만으로도 끔찍한 고통을
느낄 것은 당연하다.

하지만 흑비는 전혀 그런 것을 느끼지 못하고 있었다. 지금
도 그의 기도는 점점 강렬해지고 있었다. 기척을 숨기지 않는
것이 아니라 숨길 수 없는 것처럼 느껴졌다. 몸을 찔러오는 살
기가 어느새 광기가 되어가고 있었기 때문이다.

"…죽인다, 화산. 더러운 놈들……."

흑비는 그렇게 중얼거리고는 천천히 제자리에서 뛰더니 땅
을 박차고 운허에게 달려들었다. 표범과 같은 도약력으로 그
는 단번에 운허의 머리 위에 있었다.

운허는 그의 허리를 향해 검을 휘둘렀다.

그러자 흑비는 비도로 운허의 검신을 후려치며 그의 머리
위를 넘어갔다. 그리고 땅에 내려앉자마자 뒤로 넘어지듯 상

체를 낮추며 운허의 오금을 노렸다.

운허는 제자리에 뛰어올라 상체를 틀어 흑비의 머리를 향해 검을 내려찍었다.

흑비는 두 개의 비도로 운허의 검을 막아냈다. 그대로 흑비는 운허의 옆구리를 걷어차려고 했다. 운허는 무릎을 들어 올려 흑비의 발을 막아냈다.

그리고 운허가 다시 검으로 목을 노리자, 그는 운허의 무릎을 밀어내며 뒤로 물러났다.

운허는 다소 놀란 표정을 감출 수 없었다.

흑비의 움직임은 이때까지 보았던 이들과는 확연히 달랐다. 비도를 던질 생각을 하지 않고 운허와 최대한 붙은 채로 싸우고 있었다. 흑비의 자신감은 타의 추종을 불허하는 움직임에 합쳐진 높은 수준의 박투술이라고 봐야 했다.

'어째서?

운허는 그의 움직임 자체에 의문을 표할 수밖에 없었다.

그야말로 수준이 다른 움직임이다. 속도는 물론 신체의 유연성까지도 달라졌다. 다른 무공을 쓴 것이 아니라 몸 자체가 바뀐 것 같다.

답은 두 가지.

운허의 눈을 속일 정도로 흑비와 똑같이 생긴 이가 나타난 것이 아니면 약을 사용한 것이 분명하다.

운허는 흑비의 움직임이 약으로 변한 것이라 여겼다.

"겨우 약 따위로 이길 수 있을 것 같아?"

창백해진 안색이었지만, 운허는 물러설 생각이 없었다.

약을 먹은 상대에게 꼬리를 만다는 것은 그로서도 내키지 않는 일이었다.

그는 검을 가슴 가까이로 잡아당겼다. 검끝은 정확히 흑비의 목을 향해 있었다.

"죽인… 다. 너는… 죽인다."

흑비는 제대로 된 말을 하지 못하고 있었다.

그러나 그 기세는 시간이 지날수록 점점 더 거칠어져 갔다.

흑비는 다시 운허에게 달려들었다.

그의 손에 쥐어진 비도에서 붉그스레한 도기가 피어오르기 시작했다.

운허는 자하신공을 극성으로 끌어올렸다. 그의 성치 않은 몸에서 자색의 후광이 비추어지기 시작했다. 움켜쥔 검에도 선명한 자색의 검강이 일어났다.

흑비의 붉게 이글거리기 시작하는 도강과는 상대적이었다.

흑비는 다시 땅을 박차고 달려들었다.

그는 좀 전과 마찬가지로 높게 뛰어올라 운허의 머리를 향해 두 비도로 내려찍었다. 두 자루의 비도는 마치 짐승의 어금니처럼 보였다.

"그윽!"

아까보다도 더 묵직한 충격에 운허의 입에서 신음이 터져 나왔다. 비록 조금이라지만 단 한 번의 격돌로 그의 발이 바닥에 박혀 들어갔다.

검을 쥔 손만이 아니라 어깨까지 저릴 정도였다.

하지만 이 정도는 견딜 수 있다.

운허는 검을 크게 휘둘러 흑비를 떨쳐냈다.

뒤로 물러난 흑비는 다시 한 번 운허에게 달려들었다.

이번에는 운허의 머리 위가 아닌 정면이었다.

운허는 표풍검법으로 흑비의 머리를, 그리고 적엽수로 그의 가슴을 쪼개려 들었다. 빠르게 다가오던 흑비는 돌연 상체를 뒤로 눕힌 채로 미끄러지듯이 운허의 다리 아래로 들어왔다.

그 기괴한 움직임에 운허는 황급히 위로 뛰어올랐다.

그의 다리가 있던 곳에 흑비의 비도가 꽂혀 있었다. 조금이라도 반응이 느렸으면 다리가 잘렸을 것이다.

흑비가 공중에 뜬 운허를 노려보며 두 손을 머리 뒤로 감추었다. 흑비의 두 팔이 점점 부풀려지며 두 눈에 핏물이 흐르기 시작했다.

'온다!'

운허는 그게 흑비의 마지막 수임을 깨달았다.

이미 중태에 입은 몸으로 이렇게까지 움직였다.

그는 이 한 수로 모든 것을 끝내려고 드는 것이었다.

'피할 수 없어.'

운허의 얼굴도 차갑게 가라앉았다.

흑비의 손에서 화살처럼 빠르게 두 자루의 비도가 날아들었다. 점점 그의 몸에 다가오는 붉은 비도가 다가오고 있지만, 아무런 소리가 들리지 않았다.

　허공을 가르는 소리조차 들리지 않는 것이다.

　"와라!"

　운허 또한 전력을 끌어들였다.

　그는 공중에 몸을 비틀며 검을 휘둘렀다.

第三章
급보

속가삼대문파의 고수들이 속속 정신을 차리며 싸움은 점점 그들에게 기울어졌다. 나름대로 버텨내던 매화검문의 이들은 하나둘씩 목숨을 잃었다.

이미 대부분의 병력을 잃은 매화검문의 이들은 목숨을 건지기 위해 무기를 놓았다.

속가삼대문파의 이들은 그들을 제압하고 줄로 묶었다.

방석은 도에 묻은 피를 닦아내디 운허가 사라진 쪽을 보았다.

자색의 매화가 허공에 그려졌다.

그로서는 아직 펼칠 수도 없는 검강이었다.

그 높은 경지에 부러움이 느껴지지 않는다면, 그건 거짓이다.

하지만 바람에 흔들리는 듯 흩어지는 자색의 매화를 보며
감탄이 먼저 튀어나왔다.

"대단합니다."

"흥, 당연하지."

그 옆에서 상만청이 팔짱을 끼며 답했다. 대수롭지 않게 답
을 했지만, 피곤에 지친 그의 얼굴 사이로 묘한 기쁨이 섞여 있
었다.

그리고 그와 맞선 이의 두 자루의 비도에도 강기가 나왔다.

짐승의 어금니와 같지만 피처럼 붉은 강기였다.

"맙소사……."

방석은 놀라 입을 다물지 못했다.

그가 알기로는 운허의 몸은 제대로 된 상태가 아니었다.

그런데 그를 맞이하는 상대가 강기를 구사하는 고수라니.
그것도 저 흉험한 기세는 단지 보는 것만으로도 식은땀이 절
로 나는 것이었다.

정상이 아닌 몸으로 그런 자와 싸우는 운허에게 놀랄 수밖
에 없었다.

"저놈이구나."

옆에 있는 상만청의 얼굴이 일그러졌다.

그는 운허가 흑사방의 요새에서 누구와 만났다는 것 정도는
알고 있었다. 그저 실력 있는 암살자라고만 생각했지, 저 정도
의 고수라고는 생각하지도 못했다.

강하다.

당장 달려들어 가 저 틈에 끼어들고 싶었다.

하지만 그럴 수 없다.

지금 저 싸움은 화산파 장문인의 싸움이었다.

그가 끼어든다면 운허의 명예에 먹칠을 하게 될 것이다. 운허야 별것 아니라 치부할 명예이지만, 화산파를 재건해야 하는 그에게 그 명예라는 것은 제일 큰 재산이 될 것이기 때문이다.

"…장문인은 도대체 뭡니까?"

문득 방석의 물음에 상만청이 고개를 돌렸다.

"뭐가 말이냐."

"전에 붙었을 때도 강했습니다. 그러나 그때는 이길지도 모른다는 생각이 들었습니다."

"아, 그것 말인가."

상만청은 방석의 말이 어떤 것인지 이해했다.

운허는 참 이상했다.

그는 분명 범인으로서는 감당할 수 없는 무위를 가졌다.

그러나 기이하게도 일정한 수준의 고수가 그를 본다면 이길지도 모른다는 생각이 들게 했다.

처음에 상만청은 실전이 적었기 때문이라 여겼다. 하지만 곁에서 볼수록 그건 아니라는 것을 깨달았다.

"마음가짐이 달라져서다."

"지금에서야 말입니까?"

"그래. 지금에서야 그런 것 같다. 적어도 흑사방과 싸우기 전에 녀석은 다른 사람을 해하는 것 자체를 싫어하는 편이었다. 이번 전투 내내, 저 녀석과 다니면 나보다는 저 녀석에게 적들이 몰렸지.”

당연한 일이다.

자기보다 강한 사람과 싸우는 것을 좋아하는 이는 없다.

그런데 그 강한 사람이 자신을 죽이는 것을 안다면 누가 덤벼들 것인가.

그래서 상만청보다 더 강한 운허에게 적들이 몰렸다.

적어도 운허는 상만청처럼 죽이지는 않으니까.

운허에게는 흔히 말하는 독심이 없다고 봐야만 했다.

“하지만 이제는 아니지.”

정체를 알 수 없는 자와 운허는 격렬하게 싸우고 있었다.

상처 따위는 잊고 검을 포함한 권, 장, 각 등의 다양한 무공을 퍼붓는 그의 위세는 가공할 만하다. 오히려 지금이 흉심백귀와 싸울 때보다 더 무서워 보였다.

그런데 그걸 상대는 견뎌내고 있다.

상만청으로서도 혀를 내두를 수밖에 없었다.

“도대체 누굴까. 누구이기에 저 정도로 강할까.”

운허를 만나기 전의 그의 수준 정도의 고수라면 매화검문에도 있었다. 그러나 지금의 그라면, 매화검문에서 상대할 이는 몇 없으리라 자부할 수 있었다.

하지만 운허는 그 정도가 다르다.

섬서 전체에서 그를 상대할 수 있는 이가 몇 되지 않는다.

이미 그건 흉심백귀를 잡으면서 드러났다.

그런데 도대체 매화검문은 어디서 운허와 싸울 수 있는 고수를 데리고 온 것인가.

"사, 사부! 큰일입니다!"

그때 방석이 그도 모르게 소리쳤다.

정체 모를 고수와 싸우던 운허가 공중에 뛰어올랐다.

그 둘이 무엇을 하려는 것인지 그들은 알 수 있었다. 이윽고 두 사람의 전력을 다한 일격이 휘몰아쳤다.

운허는 바닥에 쓰러졌다.

그와 마주하던 상대 또한 쓰러졌다.

그걸 본 상만청은 다급히 운허에게로 달려갔다.

그는 먼저 운허의 맥박과 숨을 확인하고는 안도의 한숨을 쉬었다. 그리고는 상체를 일으켜 자세히 그의 몸을 살폈다. 왼쪽 어깨와 허벅지에 박힌 비도에 눈이 갔다. 얼마나 심하게 박혔는지 손잡이밖에 보이지 않았다. 잘못해서 어깨뼈나 관절이 다쳤다면 앞으로 팔을 쓰는 것에 지장이 생기리라.

하지만 그만큼이나 심한 상처는 역시 옆구리의 것이었다. 이미 상처가 찢기고 터져 배꼽까지 번져 있었다.

상만청은 일단 자신의 옷을 찢어 운허의 배에 묶었다.

"…살살해요. 아프니까."

그리고 그 통증에 운허가 인상을 썼다.

"아프라고 했다. 몸은 괜찮으냐?"

"죽겠어요. 흑비는요?"

"흑비? 그게 저놈의 이름이냐?"

상만청은 자연히 흑비를 보았다.

그리고는 옆에 다가온 방석에게 눈짓을 했다.

방석은 흑비에게 다가갔다.

흑비의 몸에서는 이제 출혈조차 없었다. 그럼에도 그 몸은 조금씩 움직이고 있었다.

"사, 살아 있습니다!"

방석은 놀라 소리쳤다.

그로서는 시체가 살아 움직이는 듯 보였다.

"저 녀석 옆에다 데려다줘요."

운허의 말에 잠시 고민하던 상만청은 그를 부축했다. 한 걸음 걸을 때마다 운허의 몸은 가늘게 떨렸다. 그저 걷는 것만으로도 고통을 참기 힘들 정도였다.

흑비의 곁에 털썩 주저앉은 운허는 상만청과 방석을 뒤로 물렸다.

흑비도 정신을 차렸는지 운허를 보고 있었다.

그는 몇 번이고 몸을 움직이려고 했다.

그러나 그의 몸은 움직이지 않았다.

운허와 마지막으로 부딪히던 때에 이미 온몸이 부서졌기 때문이었다.

"살아 있냐?"

"…그래."

"무슨 약이지? 그거."

"사혼단. 혼까지 죽인다는 귀물이다."

"왜 그거까지 먹었어?"

운허의 물음에 흑비는 잠시 망설이다 답했다.

"널 죽여야 했다."

"네가 죽어야 했던 것은 아니고?"

"……."

흑비는 이번에는 입을 다물었다.

"왜 그래야만 했어?"

"할아버지는 잘 계시나?"

"그 할아버지가 정확히 누구지?"

"표주한 장로. 내 아버님이시다."

"……."

이미 어느 정도 짐작한 것임에도 운허는 순간 말문이 막혔다.

표주한의 아들이란 말은 표성의 아버지라는 뜻도 된다.

"표성은 잘 지내나?"

"잘 지내. 내 첫 제자아. 밑의 아이들이랑도 잘 지내."

"…한번 봬야 하는데."

"본 적이 없나?"

"없어. 태어나자 끌려갔으니."

"암화주에게?"

"그래."

흑비의 말에 운허는 그도 모르게 주먹을 굳게 쥐었다.

비록원의 사람들이 점점 줄어드는 이유가 그것이라는 확신
이 들었다.

"왜 너희가 필요했지?"

"매영이 매화비총에 들어가기까지 그들을 감시할 이가 필
요했지."

"잠깐만. 그게 무슨 소리야."

"흑영과 나는 네가 매화비총을 떠나기 전까지 함께였다."

"……."

순간 운허는 흑비의 말을 도저히 이해할 수 없었다.

그는 명현에게 거두어진 후로 언제나 화산파에서만 있었다.
그런 그와 함께였다면, 화산파에 몇 년이고 있어야만 한다. 그
렇다면 외부인은 불가능하다. 가능하다면 단 하나뿐이다. 같
은 화산파의 사람밖에 없다.

"너, 너 설마……."

"매영이 도망가거나 자결할 수 있다. 화산파가 걱정되니 자
결을 하지 않더라도 도주를 하려는 자들도 있었지. 그걸 막는
것이 우리 임무다."

"하지만 감시를 하려면……."

"네 짐작대로다, 홍몽."

그리고 흑비의 입에서 본명이 거론되는 순간, 운허는 도저
히 평정을 유지할 수 없었다.

"뭐?"

갑자기 무슨 말일까. 그리고 왜 그가 자신의 본명을 말하는

것일까.

운허는 도저히 종잡을 수 없었다.

"아니, 오랜만이라 해야겠지. 사숙이니까."

"무슨……?"

"우리 또한 화산파의 제자다. 그래야 감시할 수 있으니까."

"……."

운허의 몸이 가늘게 떨려왔다.

흑영에게 죽었다는 옥양자가 머릿속에 떠올랐다.

도대체 무엇인가.

같은 화산파의 제자들끼리 서로를 죽였다는 말밖에 되지 않았다.

그러면 흑영은 도대체 누구란 말인가.

"거짓… 말이야. 그렇지? 일부러 그러는 거지?"

있어서는 안 되는 일이었다.

흑영과 흑비가 화산파의 사람이어서는 안 된다. 그러면 흑영에게 죽은 옥양자는 어떻게 되는가. 그들을 가족이라 생각했을 화산파의 이들은 무엇이 되는 것인가.

운허는 분노를 느꼈다.

화산파의 사람이라면 다 같은 마음일 줄 알았다.

그런데 그 마음을 우롱하는 자들이 있을 줄은 몰랐다. 그리고 그토록 가까이에 있었을 것이라고는 전혀 생각하지도 못했다.

그의 머릿속에 자연스레 예전 기억이 스쳐 지나갔다.

화산파에서 웃으며 행복하던 시절.

그 시절 속에서 흑영과 흑비가 같이 있었다는 사실이 역겨웠다.

"화산… 을, 감히 화산을 능멸하다니……. 그래서 즐거웠나? 나의 가족들이 서로를 죽이던 그 광경에 행복했었나!"

운허의 두 눈에서 눈물이 뚝뚝 떨어졌다.

도저히 참을 수 없어 흑비를 후려치려 했다. 그러나 곧 죽을 그가 화산파의 사람이었다는 사실에 미처 뻗어지지 않았다. 그랬기에 그는 애꿎은 땅을 후려쳤다.

"나 또한 화산이었다."

흑비의 그 덤덤한 말에 운허는 억장이 무너지는 것 같았다.

"네놈 따위가?"

"그래. 나 따위도 화산이었다."

"웃기지 마. 네가 화산이었다면……!"

"같은 화산의 손에 너의 사부가 죽었지."

"……."

화를 내려던 운허는 입을 다물었다.

흑비의 말대로였다.

그의 사부인 명현은 같은 화산의 손에 죽었다. 다시금 그 사실을 깨닫는 순간 감출 수 없는 부끄러움이 밀려들었다.

"사숙, 당신은 여전히 어려."

"너……."

"화산으로 가라. 매화검문이 움직인다."

흑비는 그 말을 끝으로 눈을 감았다.

운허는 조용히 그의 눈을 감겨주었다. 그리고 그는 흑비의 얼굴을 감싼 천을 걷었다.

“오랜… 만이네. 사질.”

누구의 제자였는지는 기억이 나지 않았다.

운허가 막 화산에 들어오고 일 년이 지났을까. 종종 인사를 하며 얼굴을 트던 진성과 같이 어울려 다니던 사질 중 하나였다. 말이 없어 주변의 이들과 잘 어울리지 못한다고 푸념하던 누군가의 걱정 어린 말들도 새삼 떠올랐다.

“진우 사질, 그렇지?”

운허는 흑비의 도호를 떠올렸다.

그러자 그와 인사를 가끔 인사를 나누며 대화를 하던 때가 기억났다. 남들과 달리 유독 불편한 눈으로 자신을 보던 것이 떠올랐다.

“제기랄.”

운허는 고개를 푹 숙였다.

*　　　*　　　*

화산연합의 승전 소식이 들려오며 화산파 내부의 분위기는 더 말할 것도 없이 밝았다. 혹시나 하는 마음에 노심초사하고 있던 것이 풀리자 다들 입가에 웃음이 만연했다.

“사매, 그런데 흉심백귀는 뭐야?”

장승에게 운허에 대한 이야기를 듣고 난 후, 백광이 백령에게 물었다.

"어머, 모르세요? 섬서만이 아니라 사파무림에서도 악명이 높은 고수죠. 칼날보다 날카로운 손톱으로 펼치는 그의 조법에 백 명이 넘는 협사가 목숨을 잃었다고 하더라고요. 제가 알기로는 그는 특별히 활동을 하지 않은 것으로 알고 있었거든요. 그런데 그가 거기 나타날 줄 누가 알았겠어요?"

"우와! 흉심백귀가 그러면 절정의 고수야?"

"네, 그럼요. 아주 무시무시해요. 오죽하면 흉심백귀겠어요?"

"사부님은 그런 사람을 이긴 거네?"

백령이 흉심백귀에 대한 설명을 할수록 백광의 호응은 커졌다. 당과를 쥔 어린아이마냥 더 많은 설명을 요구하는 그를 보며 백령은 미소를 감추지 못했다.

나이 어린 사형은 여전히 어린애였다.

"하지만 저보다는 백초가 잘 알지 않을까요?"

백령은 외팔의 악력을 기르기 위해 두 개의 돌을 만지작거리는 백초를 보았다. 그의 밑에는 이미 부서진 돌 조각이 제법 쌓여 있었다.

"잘 모릅니다. 죄송하게도 당시 저는 주변의 일들에만 관심이 있었습니다."

백초는 꾸벅 고개를 숙이고는 그대로 사라졌다.

그의 반응에 백령의 표정은 살짝 굳어 있었다. 손을 뻗어 그를 부르려다 그녀는 푹 고개를 숙였다.

"사매, 왜 그래?"

"아니에요. 제가 무슨 잘못한 걸까요?"

"응? 뭐가?"

"사제가 그냥 가서요. 저 피하는 것 같지 않아요?"

"막내는 원래 저러잖아."

"정말요? 그냥 저 피하는 건 아니겠죠?"

"아닌데. 그냥 저러던데."

그의 말에도 백령은 몇 번이고 한숨을 쉬었다.

결국 그녀에게 별다른 이야기를 듣지 못하겠다 싶은 백광은 그대로 잘려진 천년매화 쪽으로 갔다. 천년매화의 잘려진 단면이 워낙 넓어서 앉아 있으면 그대로 잠이 솔솔 오고는 했다.

그러나 천년매화로 가는 백광의 손에는 물이 담긴 그릇이 있었다. 백광은 언제나처럼 뿌리 위로 그 물을 부어버렸다.

백광의 시선은 천년매화의 잘려진 나무 허리에 갓 기지개를 편 새싹에 닿았다.

멸문화산이 일어나고 천년매화의 허리는 잘려 나갔다.

하지만 뿌리가 워낙 단단한 거목이었다. 잘린 허리에시 다시금 새로운 생이 일어나고 있었다. 이걸 보면 운허가 얼마나 좋아할지 아는 백광의 입가에는 연신 미소가 가득했다.

"나도 천년매화에 빛꽃이 맺히는 것을 볼 수 있겠지?"

아직도 화산 곳곳에는 아름다운 매화나무가 남아 있다.

봄이 되며 흩날리는 매화는 아름다웠다. 그랬기에 백광은

천년매화가 피워내는 매화를 보고 싶었다. 비록원에 있으면서
수없이 많은 기록에서 보았던 그 아름다움을 겪고 싶었다.

그러다 작은 호각 소리가 들려왔다.

이상함을 느낀 백광은 자리에서 일어났다.

저 아래를 향해 화산파에 상주하고 있는 적엽문의 무인들이
내려가기 시작했다.

그들의 얼굴은 딱딱하게 굳어 있었다.

"백광 도사님, 위로 올라가시지요."

그리고 그런 적엽문의 이들의 우두머리격인 손비 또한 백광
에게 그 말을 남기고는 아래로 내려갔다.

무슨 일이 일어났다.

백광은 순간 갈등했다.

적엽문이 보낸 이들은 하나같이 믿음직스러웠다. 그런 이들
이 급히 내려가는 것으로 보아 보통 일은 아닐 것이다. 필시
문제가 생긴 것이다.

그러나 그 일이 도대체 무엇일지가 궁금해졌다.

'위험하면 그냥 숨어야지.'

운허를 제외하면 화산파의 지리를 가장 잘 아는 이는 백광
이다.

백광은 위험해지면 곧바로 숨기로 생각했다.

적엽문의 무인들에게 들키지 않게 내려가던 백광은 저 아래
에서 그들이 한 사내와 대치를 하고 있는 것을 발견했다. 잠시
망설이다가 그들의 목소리가 들릴 거리까지 천천히 이동했다.

"올라가서 할 말이 있다고 하지 않소!"

적엽문의 이들에게 둘러싸인 중년의 사내가 목소리가 커졌다. 이곳까지 오는 동안 하루도 쉬지 않았는지 그의 행색은 초라해 보였다.

"매화검문이 비록 같은 화산연합이라고는 하여도 불가하오."

손비는 고개를 저었다.

"그러면 아무나 한 명만 보게 해주시오."

"불가하오."

"어째서인가!"

"우리는 화산파의 위험이 될 자는 절대로 올려 보내지 말라는 본문의 명을 받았소. 그대가 위험하지 않다는 것을 어떻게 증명할 것인가!"

"나는 더 이상 매화검문 소속이 아니오!"

중년 사내는 손빈을 답답하다는 듯 보고 있었다.

"그건 상관없소."

"왜 믿지 않는 것인가!"

"믿을 필요가 없을 뿐이오. 그대는 멸문화산을 일으키고 매화검문을 세운 주역 중 한 사람인 것을 잊었소? 뛰쳐나갔던 화산파에 무슨 낯짝으로 돌아간다는 말인가. 그리고 운허 장문인의 스승이신 구도검 명현 진인을 죽인 것이 그대의 사부라는 것도 잊었나!"

손빈은 눈앞의 중년 사내를 잡아먹을 듯이 소리쳤다.

"그, 그건……."

"물러나시오. 그렇지 않으면 가만히 있지 않겠소, 운학!"

운학. 그는 힘없이 고개를 숙였다.

"비키시오. 나는 위에 전할 말이 있소."

"우리에게 말하시오. 무슨 일이오."

"미안하오. 역시 화산파에 직접 전해야겠소."

그리고 운학이 옆구리에 찬 검을 뽑으려는 찰나.

그를 둘러싼 일곱 명의 적엽문 무인 또한 기다렸다는 듯이 자세를 갖추었다.

"자, 잠깐만요!"

그들이 움직이려고 할 때, 백광이 불쑥 튀어나왔다.

갑작스런 그의 등장에 놀란 것은 손빈이었다.

"백광 도사! 왜 내려온 것입니까!"

"그건 이따가 혼날게요. 잠시만 비켜주시겠어요?"

"저자는 위험한 자입니다!"

손빈은 백광을 밀어내려고 했다.

그러나 백광의 두 눈동자를 보자 차마 백광의 몸에 손을 댈 수 없었다.

백광은 운학에게 다가가 절을 했다.

"화산파의 일대제자 백광, 운학 사백님을 뵙습니다."

"그래……."

운학의 눈가에 눈물이 그렁그렁 맺혔다.

백광의 모습을 보자 그는 예전의 추억을 억누를 수 없었다.

다시는 돌아갈 수 없기에 미칠 듯이 그리운 시간들이었다.

"지금 화산파에 올라가서 장승 관주에게 말을 전해주겠니?"

"같이 올라가시는 것은 어떻습니까?"

"…아니다. 너는 얼른 가서 전하거라. 매화검문이 움직인다."

"예?"

"매화검문이 화산파를 공격한다. 그러니 도망가거라."

"……"

백광은 멍하니 운학을 보았다.

어린 그의 머리로는 도저히 알아들을 수 없었다.

매화검문은 현재 화산연합의 일원이었다.

흑사방과의 전쟁이 끝난 지가 얼마나 되었다고 그들이 움직인다는 말인가.

"그, 그 말을 올라가서 전해주세요."

백광은 더듬거리며 운학의 소매를 잡았다.

그에 운학은 주변에 선 적엽문의 이들을 보았다.

그들 또한 얼마나 놀랐는지 아무런 말도 하지 못하고 있었다.

"너는 가서 본문에 알리거라. 당장."

손빈은 수하 하나에게 명했다.

그리고는 운학을 보며 나지막하게 말했다.

"…허튼짓하면 죽일 것이다."

백광과 운학은 화산을 올랐다.

운학은 화산을 오르며 주변을 천천히 살폈다. 다시 오르는 화산은 감회가 남달랐다.

절대 올 수 없다고 생각했던 곳이었다.

모든 것을 묻고 떠났기에 오지 않으리라 다짐했다.

그래서였을까.

다시 오르는 발걸음은 자꾸만 떨리고 있었다.

화산에서 더없이 행복했던 시간과 함께 가족과 같던 이들을 직접 죽이던 순간들까지 떠올랐다. 주변에서 그를 주시하는 적엽문 사람들의 시선 따위는 전혀 느껴지지 않을 정도였다.

"사백님, 괜찮으세요? 잠시 쉬다가 갈까요?"

백광은 그런 운학의 몸이 불편하다 여겼다.

"나는 괜찮다. 어서 가자꾸나."

"그래도 언제든지 말하세요. 조금만이라도 쉬고 가게요."

"…너는 내가 두렵지 않니?"

운학은 조심스레 물었다.

운허의 제자라면 멸문화산 때 있던 일들을 모를 리가 없다. 화산의 멸문에 가담한 사람 중 하나가 자신이다. 그런 자신에게 스스럼없이 말을 거는 백광이 그로서는 의아했다.

"저는 괜찮아요. 사실 한번 뵙고 싶었어요."

"나를?"

"예. 사부님께서 언제나 화산 시절을 즐겁게 이야기하셨거든요."

"그 아이는 착한 아이지. 너무나 착했지."

운학의 입가에 자연스레 미소가 감돌았다.

처음 화산파에 올라올 때, 명현 사숙이 제자를 거두었다고 해서 얼마나 놀랐던가. 그리고 그 어린 운허가 어느새 화산파의 장문인으로서 장성했다는 사실에 가슴이 뿌듯해 왔다.

'그런데도 사형은……'

운진을 떠올리니 가슴이 아파왔다.

그는 어느새 변한 것일까.

갑자기 변해 버린 그의 선택을 도저히 이해할 수 없었다.

장승은 하루의 대부분을 승운도관에서 지내고 있었다.

운허에게 배운 태극기공의 연무를 제외하면 그는 이곳에서 나가는 일은 거의 없었다. 이제는 누구도 그걸 이상하게 여기지 않았다.

그는 이곳에서 화산의 일을 처리했으며 간혹 올라오는 향화객의 상대도 했기 때문이다. 그랬기에 그는 갑작스레 찾아온 손님을 그곳에서 맞이할 수 있었다.

백광의 뒤로 적엽문의 무인들에게 포위된 채로 온 운학을 보게 된 장승은 놀란 표정을 감추지 못했다.

"왜 매화검문의 운학 대협께서……"

그는 말끝을 흐렸다.

운허가 없는 지금 운학이 이곳에 들릴 이유는 없다고 여겼기 때문이었다.

"사숙, 운학 사백께서 긴히 나눌 이야기가 있다고 오셨어요."

백광은 쪼르르 달려와 장승에게 말했다.

장승은 손비를 보며 잠시 자리를 비켜줄 것을 청했다. 그에 손비는 머뭇거리다가 장승이 연거푸 청하자 어쩔 수 없이 밖으로 물러났다.

"너는 차를 내오거라."

"예, 사숙."

백광 또한 조용히 밖으로 나갔다.

승운도관에는 자연히 두 사람만이 남았다.

장승은 운학에게 자리에 앉자 인사를 건넸다.

"처음 뵙겠습니다. 승운도관을 맡고 있는 장승이라고 합니다."

"저 또한 처음 뵙습니다. 운학이라고 합니다."

"운허 사형께는 여러모로 이야기를 들었습니다. 좋은 분이라고 하시더군요."

"운허가 사형이라면……."

"화산파의 제자는 아닙니다. 그분과 작은 연이 닿았을 뿐입니다. 운허 사형께서 그렇게 저를 여기실 뿐이니까요."

대화가 끊기며 약간은 어색한 분위기가 이어졌다.

장승은 곧바로 본론으로 넘어갔다.

"매화검문에서 긴히 전할 이야기가 무엇입니까."

"매화검문이 아니라 저 개인이 전하는 이야기입니다."

"개인이라 하심은 매화검문과 지금의 이야기가 관계가 없다는 것입니까?"

"파문당했습니다."

"……."

장승은 순간 할 말을 잃었다.

운학이 누구던가.

멸문화산을 일으킨 한 축인 무극파의 수장이었던 명종의 제
자 중 한 사람이었다. 매화검문을 세우고 지금까지 키운 것에
적지 않은 공을 세운 사람이었다.

현 문주인 운진이 바로 그의 사형이다. 그런 그가 파문당했
다는 것은 쉽사리 받아들이기 힘든 말이었다.

"믿기 힘든 것도 압니다. 그러나 모든 일을 설명할 시간이
없습니다. 떠나십시오."

"무슨 말입니까."

"매화검문이 올 겁니다. 바로 이곳으로."

"그게 정말입니까?"

"사형이 마음을 바꾸었습니다. 그가 화산을 공격할 겁니
다."

"허어……."

장승은 숨이 턱 막히는 것 같았다.

화산연합 중 가장 많은 병력을 보낸 것이 매화검문이다.

그러나 실상을 들여다보면 가장 전력 소모가 적은 것 또한
그들이었다.

매화검문은 다른 문파와는 달리 문주가 아니라 일개 대주가

직접 이끌고 나간 병력이다. 심지어 그 병력의 대부분도 몇 년 동안 급하게 모은 어중이떠중이들이었다.

지금 매화검문에 남은 이들은 그야말로 멸문화산을 거치며 쌓아온 정예라고 봐야 했다.

그들이 움직이면 가장 가까운 화산파는 물론 적엽문도 버티지 못할 것이 분명한 일이었다.

"왜 하필 지금……."

그런데 왜 하필 지금이란 말인가.

장승은 기가 막혀 무어라 더 말을 이을 수 없었다.

매화검문의 노림수가 있을지도 모른다고는 생각을 했었다.

그러나 설마 화산연합이라는 동맹을 맺은 상태에서 무슨 일을 꾸미지 못하리라 여겼다.

그런데 화산연합이 막 승리를 거두자 움직이다니.

절묘한 한 수라고 밖에 말할 수 없었다.

"장승 관주!"

그러던 때에 손빈이 다급하게 들어왔다.

"무슨 일입니까?"

"매, 매화검문이 오고 있소!"

그 외침에 장승의 안색이 하얗게 질렸다.

第四章
여반장(如反掌)

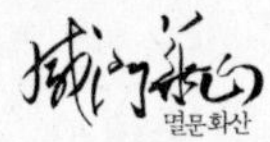

운학은 놀라 자리에서 벌떡 일어나 손빈에게 물었다.

"벌써 왔다는 것이오?"

"그렇소. 저 밑에 내려가 있던 수하의 보고가 왔소."

손빈은 고개를 끄덕였다.

"장승 관주, 화산파의 모든 이와 함께 도망가시오. 알셌소?"

운학은 장승을 일으켜 세웠다.

장승은 머뭇거리다 고개를 끄덕였다.

"이, 알셌소."

"서두르시오. 당장!"

운학은 장승을 밖으로 밀어냈다. 그리고는 자신 또한 옆구
리에 찬 검을 뽑아 들고 아래로 내려가기 시작했다. 그 기세가

워낙 사나워 보고 있던 손빈이 놀랄 정도였다.

손빈이 물었다.

"운학, 왜 당신은 가지 않는가?"

"갈 수 없소."

"어째서?"

"시간을 벌어야 하니까. 오히려 당신들이나 가시오. 헛된 죽음 하지 말고."

헛된 죽음이라는 부분에 손빈의 미간이 찌푸려졌다.

"혼자서 시간을 벌겠다고?"

그로서는 어처구니가 없었다.

운학이 고수라는 것은 분명 잘 알고 있다.

그러나 지금 매화검문에서는 오십 명이나 되는 고수가 올라오고 있다.

운학으로서 그들을 감당하기는 요원할 일이었기 때문이다.

"그대들이 나타나면 바로 싸우겠지. 그러나 내가 나서면 당장 공격은 하지 않을 터. 가서 장승 관주를 도와 도망가시오."

하지만 운학은 위축됨이 없었다.

그의 말에 손빈도 잠시 할 말을 잃었다.

맞는 말이었다.

운학은 불과 얼마 전까지만 하더라도 매화검문의 사람이었다.

그가 나서면 매화검문의 이들도 바로 손을 쓸 수 없다.

손빈을 비롯한 적엽문이 나서는 것보다는 훨씬 나을 것 같왔다.

"그럴 바에는 차라리 같이 싸우는 편이 낫지 않겠소?"

손빈의 목소리는 전과는 달리 제법 부드러워졌다.

운학이 진심인 것을 느낀 탓이었다.

잠시 고민하던 운학은 고개를 저었다.

"아니, 불가하오."

"그대 혼자서 막을 수는 없소."

"만역 매화검문의 이들이 추격을 해오거든, 그때 목숨을 버리시오. 한 명씩, 꼬리를 자르듯이 말이오."

"우리가 그렇게 해야만 시간을 벌 수 있다는 말이오?"

손빈은 자존심이 상하는 것을 감출 수 없었다.

화산파에 있는 적엽문의 무인은 모두 한가락씩 하는 이들이었다.

그러나 운학의 표정은 편함이 없었다.

"이곳이 화산이오. 정말 나의 사형이……. 그 사람이 가벼운 마음으로 왔을 것 같소?"

"……."

손빈은 할 말을 잊었다.

"뒤를 부탁하오."

운학은 아래로 내려갔다. 그 뒷모습을 보며 손빈은 등을 돌렸다.

"나 또한 내 목숨을 걸겠소."

운학은 화산파의 중턱에 멈추었다.

먼저 목을 축인 뒤에 지친 몸을 조금 풀려고 하자 아래에서 매화검문의 이들이 보였다.

'척검대(剔劍隊)구나.'

그들을 알아본 운학은 쓴웃음을 지었다.

척검대는 매화검문에서 가장 거친 이들이었다.

그들은 다른 이들과는 달리 이기기 위해서는 다소 비열해지는 것도 아무렇지 않게 하는 이들이다.

다른 이들과 달리 척검대라면 큰일이다.

저들은 운학의 말을 들을 리가 없다.

척검대가 나타난 것만으로도 나름대로 시간을 벌어보겠다는 그의 시도가 무산되는 것과 다름이 없었다.

운학은 말없이 검을 뽑았다.

척검대의 대주, 모중헌이 그에게 반갑게 말했다.

"오오! 이거 운학 대협이 아니십니까. 여기 화산에는 웬일이십니까?"

"오랜만이오, 모중헌 대주."

도대체 무슨 짓을 하려는 것일까.

운학은 그를 경계했다.

모중헌의 별호는 기호광견(騎虎狂犬)이다.

문주인 운진의 뒷배를 믿어서인지 임무를 수행하기 위해서는 어떤 일이든지 하기 때문이었다.

그러나 이때까지 모중헌이 사사로이 운학을 보며 웃은 적은 없었다. 그랬기에 운학으로서는 그의 여유가 더없이 불길해지기 시작했다.

"고맙습니다. 역시 문주님의 사제십니다."

갑작스런 그의 말에 운학의 평정이 흔들렸다.

"무엇이 말인가."

"시치미 떼지 마십시오. 문주님의 지시대로 행동하신 것이잖습니까."

"파문당한 것을 비꼬는 것인가?"

"어차피 위장이잖습니까."

"……."

도대체 무슨 말일까.

운학은 그의 말을 종잡을 수 없었다. 왜 이런 말을 하는 것인지 그 의도조차 종잡을 수 없었다. 혹시 화산파나 적엽문의 누군가가 근처에 숨어 있는 것이 아닐까. 그래서 그들과 자신의 사이를 흔들려는 것이 아닐까.

잠깐 사이에 수많은 생각이 교차했다.

하지만 마땅히 그의 속셈을 알아차릴 수가 없었다.

"수고하셨습니다. 평소에는 하도 점잖은 척을 하시기에 딴마음을 먹은 줄 알았잖습니까."

그러나 모중헌의 웃음은 진짜였다.

그는 정말로 운학을 보며 긍정적인 반응을 보이고 있었다.

'잠깐만.'

만약에 모중헌의 말이 사실이라면 어떻게 될까.

‘착각하고 있다.’

왜 모중헌이 착각하는 것일까.

어째서 왜 자신의 파문이 위장이라고 생각하는 것일까.

어쩌면 다들 믿지 못한 것일 수 있다.

운진이 자신을 파문한다고 말한 것은 분명 쉽게 납득이 가지 않는 일이다.

하지만 다른 이들과 달리 모중헌은 곧바로 믿을 이였다.

그는 운진의 명이면 죽는 시중이라도 할 수 있다.

그런데 왜 그가 운학을 경계하지 않는 것일까.

어째서 전과는 달리 더 호의를 보이는 것이란 말인가.

만약 자신의 움직임이 처음부터 예견된 것이라면 어떻게 되는가. 그가 화산파와 적엽문의 이들을 피신시키게 할 것이라고 예견한 누군가가 있었다면?

운학은 등골이 서늘해졌다.

갑자기 온몸의 피가 싸늘하게 식는 느낌이었다.

“무엇이 더 준비가 되어 있다는 것인가?”

운학의 목소리는 가늘게 떨리기 시작했다.

“물론입니다. 이제 도망을 치는 화산파의 이들을 잡아낼 겁니다. 어차피 화산에서 도망쳐 봐야 금방 잡히지 않습니까.”

운학의 두 다리가 떨리기 시작했다.

만약 다른 곳의 이들이 저런 말을 했다면 비웃었을 것이다.

화산은 산세가 험하여 화산파의 이들이 마음먹고 도망친다면 쉽게 잡을 수 없기 때문이다. 그러나 매화검문에는 화산파 출신의 이들이 있다.

그들이 있기에 도망을 쳐도, 잡힐 수밖에 없다.

"안 돼……."

운학은 황급히 뒤돌아가려고 했다.

그러자 척검대의 이들이 그를 둘러싸기 시작했다.

"어디 가십니까."

"모중헌, 비켜라."

"안 됩니다. 당신을 붙들고 있으라는 것이 문주님의 명이셨습니다."

"비키라고 했다!"

"모셔라. 거칠어도 괜찮으니까."

모중헌이 손을 들어 올렸다.

그러자 척검대원이 모두 무기를 빼 들었다.

"이곳으로요. 여기로 가야 해요."

화산의 지리에 가장 밝은 백광이 앞장서서 길을 나서기 시작했다. 일단 화산연합이 해체되고 돌아오고 있을 터이니 먼저 적엽문으로 피신을 할 생각이었다.

그래서 다소 위험하지만 제일 빠르게 갈 수 있는 길을 선택해 내려갔다. 발을 잘못 내딛는 순간 아래로 떨어질 수 있는 아찔한 절벽이 있었지만 적엽문의 무인들이 옆에 있으니 크게 무리는 없었다.

"사형, 계속 이런 길만 있나요?"

발아래의 낭떠러지를 보던 백령이 겁에 질려 물었다.

"아마도?"

"저, 저는 정말 힘들 것 같은데요."

백령은 벌써부터 두 다리가 벌벌 떨리고 있었다.

"사저, 밑을 보지 마십시오."

그리고 그런 그녀의 가는 손목을 백초가 잡아주었다.

한쪽 손밖에 없어서 적엽문도 하나가 그의 허리에 밧줄을 따로 묶고 있었음에도 그의 표정에서는 동요 같은 것을 찾아보기 힘들었다.

"사제는 무, 무섭지 않아?"

"덜 아플 겁니다."

"어, 어떤 것이?"

"팔을 뽑히고, 또 치료당할 때보다는 말입니다."

"……."

백령은 그만 입을 다물고 말았다.

백초가 아버지인 서위에게 팔을 뽑힐 때는 보지 못했다.

그러나 그 후, 화산파에서 치료를 받았을 때는 그녀도 있었다. 별로 기억하고 싶지 않은 것을 끄집어낸 것이 아닐까 싶은 그녀는 괜히 백초에게 미안해졌다.

"…백광 도사, 잠시만. 멈추십시오."

막 절벽 길을 벗어나자마자 손빈은 백광의 어깨를 잡았다.

그에 백광이 자리에 멈추자 손빈은 주변을 살폈다.

"왜 그러세요?"

"아닙니다. 갑자기 좋지 않은 기분이 들어서 그만."

"그러면 산 밑으로 내려가지 말까요?"

"아닙니다. 지금처럼 될 수 있으면 빨리 내려가야 합니다."

다시 길을 재촉하면서도 손빈은 찝찝한 기분을 감추지 못했다.

그러다 그는 다시 한 번 길을 멈추었다.

갑자기 그는 맨 뒤의 수하에게 눈길을 주고는 백광을 어깨에 들쳐 메고 앞으로 달리기 시작했다. 그만이 아니었다. 다른 적엽문의 이들도 화산파의 이들을 재촉하며 달리기 시작했다.

"가, 갑자기 왜 이래요?"

백광은 손빈의 행동에 놀라 물었다.

그러나 곧 그 이유를 알았다.

그들이 지나온 절벽의 길로 매화검문의 이들이 따라붙기 시작한 것이다. 그리고 그걸 단 한 명의 적엽문도가 막아서고 있었다.

"벌써 당한 것인가……."

손빈은 이랫입술을 깨물었다.

그의 어깨에 얹혀 있던 백광이 물었다.

"누, 누가요?"

"운학 대협이 저들을 막겠다고 내려갔었소."

"그분 혼자서요?"

"지금부터 우리도 목숨을 걸 것이오."

"……."

손빈이 꺼낸 말의 무게에 백광은 쉽게 입을 열지 못했다.

"아까 전에 올라오던 놈들이랑 다른 놈들입니다!"

그때 맨 처음 척검대를 보았던 이가 소리쳤다.

앞으로 달려나가던 손빈이 놀라 고개를 돌렸다.

"그게 무슨 소리냐!"

"딴 놈입니다. 다른 놈들이요!"

"빌어먹을. 처음부터 포위당한 건가!"

손빈은 이를 갈았다.

이제는 운학을 걱정할 때가 아니었다.

화산파의 이들을 어떻게든 살려놓아야 할 때였다.

손빈은 계속 선두에서 백광의 도움을 받아 길을 이끌었다. 다른 적엽문의 이들은 표주한이나 백령같이 느린 이들을 직접 부축하여 길을 재촉했다.

"또 적입니다!"

수풀로 막 들어서려는 무렵, 양옆에서 적들이 나타났다.

그걸 발견한 후미의 적엽문의 무인 한 명은 즉각 그 자리에 멈추었다.

"끝까지 버티거라!"

손빈은 그 뒷모습을 보며 소리쳤다.

홀로 남겨진 적엽문의 무인은 말없이 고개를 끄덕이며 다가오는 적들을 맞이했다.

백광은 그렇게 두 번째 적엽문의 무인이 대열에서 이탈하자 입술이 바짝바짝 말랐다. 지금 이 순간이 너무나 무서웠다. 이렇게 갑자기 적이 나타날 줄 몰랐다.

손빈의 어깨에 실례라도 할 것만 같았다.

"저기다! 화산파의 잔당이 저기 있다!"

산의 아래로 내려가기 위해 계곡을 지나가려는 순간, 매화검문의 무인 몇이 그들을 발견했다.

"적이 겨우 넷입니다. 칠까요?"

손빈의 가장 가까이에 있는 적엽문의 무인이 물었다.

그의 말대로다.

계곡의 위에서 내려오는 매화검문의 무인은 그 수가 겨우 넷뿐이다. 그 몸놀림을 보니 가볍게 대할 자들은 아니지만 그들에게 버거울 정도는 아니었다.

잠시 고민하던 손빈은 고개를 저었다.

"아니. 물러난다."

지금 그들은 쫓기는 형세였다.

얼마나 많은 매화검문의 무인이 화산에 있는지를 알 수 없는 형국이다. 이미 뒤에서 쫓고 있던 이들도 있으니 잠시라도 시간을 지체할 수는 없었다.

그들이 물러나자 계곡을 내려오던 이들의 목소리는 더욱 커졌다. 그 소리를 들었는지 다른 곳에서 호각 소리가 우렁차게 들리기 시작했다.

손빈은 다시 도망을 가려고 했다.

그러나 방금 전까지 말을 나누던 이가 자리에 멈추었다.

"이번에는 제가 남겠습니다."

"조환!"

손빈의 얼굴이 굳었다.

지금 남은 이들 중에서 그를 제외하고 제일 강한 이였다. 적어도 벌써 떨어져 나가서는 안 되는 이였다.

"제가 남아야 합니다."

그러나 조환은 움직이지 않았다.

그의 손은 처음부터 그들을 쫓아오던 이들을 향해 있었다.

앞서 남았던 두 사람의 목을 베어내어 그걸 그들에게 보란 듯이 흔들며 조롱하고 있었다.

저런 것을 보고 냉정을 유지하기는 힘들다.

"…부탁한다."

"꼭 살아가십시오."

조환은 그 말을 남기며 적들을 향해 달려갔다.

손빈은 아랫입술을 깨물며 다시 도망갈 뿐이었다.

하지만 매화검문의 추적망은 점점 더 집요해져 갔다. 간혹 그들이 모를 만한 은밀한 곳으로 가면 어떻게 된 것인지 그 자리에 그들이 대기하고 있었다.

그럴 수밖에 없었다.

매화검문은 본디 화산파 출신의 사람들이 세운 곳이다. 그들 중 한둘만 나서서 길잡이 역할을 수행하기만 해도 지금처럼 도주로를 찾기 힘들 수밖에 없었다.

그러나 이건 이상하다.

손빈이 생각해도 사람이 없어야 할 곳에 자꾸 적들이 있다.

“이상해요. 빨리 나갈 수 있는 길목에 자꾸 매화검문이 있어요.”

또다시 안내한 길에 적이 나타나자 백광은 울먹거리기 시작했다. 그가 길을 안내할 때마다 적엽문의 이들이 목숨을 잃었다.

그게 마치 자신의 손으로 죽인 것 같은 죄책감이 어린 마음을 두렵게 만들었다.

“설마 처음부터 준비된 것이었나!”

손빈은 허탈함에 그도 모르게 소리쳤다.

처음 올라왔던 적들의 수도 결코 적지 않았다.

그래서 매화검문이 전면전으로 화산파를 밀어내려는 줄 알았다.

그런데 이건 아니다.

적들이 도망가는 화산파를 쫓아오는 것이 아니다.

미리 준비한 곳으로 밀어 넣고 있다.

이미 매화검문의 토끼몰이에 발을 뺄 수 없게 된 것이다.

“제길. 숨을 곳은 없소? 매화검문의 이들이 모를 곳 말이오!”

손빈도 다급해진 터라 백광에게 윽박질렀다. 이미 화산에서 도망가야 한다는 생각은 머릿속에 지웠다.

화산을 벗어날 수 없다.

적들이 이미 천라지망을 펼쳤을 것이다. 그러니 화산을 내려가는 것은 자살하는 것과 다르지 않다.

차라리 화산에 숨어야만 했다. 거기서 어떻게든 버티고 버티는 수밖에 없었다. 그러면 적어도 며칠이라도 목숨은 연명할 수 있을 터였다.

손빈의 윽박에 놀랐던 백광이었지만, 무언가 생각이 난 것인지 다급히 표주한을 불렀다.

"할아버지! 거기로 가도 되나요?"

어디를 말하는 것일까.

두 조손에게로 모든 이의 시선이 쏠렸다.

백광의 다급한 시선과는 달리 표주한은 무언가 망설이기 시작했다.

하지만 그것도 잠시, 그는 한숨을 쉬며 말했다.

"…가자꾸나."

"감사해요!"

백광의 표정이 밝아졌다.

그가 떠올린 곳은 다름이 아닌 비록원이었다.

운허 덕분에 그곳을 나오던 그날에 백광과 표주한은 약속했다. 다시는 그곳으로 가지 말자고. 이제 그곳에서 있던 모든 일은 지워 버리자고. 물론 화산파의 기록을 복원하면서 종종 들르기는 했지만, 그 외의 일로는 절대로 근처에도 가지 않았던 비록원이다.

"하지만 그곳은 절벽으로 가야 하지 않더냐?"

이야기를 듣던 장승이 의아해 물었다.

비록원에서 어떻게 자료를 꺼내서 필사 작업을 했는지는 운허와 표주한, 백광밖에 알지 못하는 기밀이었다. 장승도 운허가 절벽을 통해 비록원을 들어갔었다는 말을 들은 정도에 지나지 않았다. 그랬기에 그로서는 비록원에 들어간다는 말은 너무나 위험하게만 들렸다.

"숨겨진 통로가 있어요. 거기면 가능해요."

백광의 확신 어린 말에 다들 표정이 밝아졌다.

"저쪽 언덕으로 가야 해요. 다행히 멀지 않아요. 지금 속도라면 일다경 정도. 딱 그 정도면 돼요."

그리고 백광이 가야 할 곳을 가리켰다.

그러자 지쳐 있던 일행들도 다시 길을 재촉했다.

그들이 가야 할 곳을 벗어나자 뒤쫓아 오던 매화검문의 이들도 크게 당황했다. 다소 여유를 가지며 쫓아오던 조금 전과 달리 필사적으로 매화검문의 추격대가 쫓아오기 시작했다.

"가십시오. 저희가 막겠습니다."

그걸 눈치를 챈, 남은 적엽문의 무인 둘이 일행에서 이탈했다.

그들은 성난 황소처럼 매화검문의 이들을 향해 달려들었다.

"제길……."

손빈은 주먹을 굳게 쥐었다. 무력하게 수하들을 잃는 것이 분하여 몸이 지꾸만 떨려왔다.

하지만 그는 감정에 몸을 맡겨서는 안 되었다.

지금 그는 화산파의 이들을 살려야 했다.

만약 같이 있는 화산파의 인원들이 매화검문에 잡힌다면 그야말로 최악의 결과다. 이미 문주인 서위에게 그들이 매화검문에 넘어가면 운허는 즉각 항복할지도 모른다고 누누이 이야기를 들었기 때문이다.

이미 화산파의 속가가 된 적엽문을 생각해서라도 무조건 살아남아야 했다.

남은 이들의 분전 때문일까.

뒤에서 쫓아오던 적들이 보이지 않았다.

목적지가 나오자 백광의 표정은 밝아졌다.

드디어 매화검문의 추적을 떨어뜨렸다는 마음에 무거운 기분이 한결 나아지는 것 같았다.

"저 동굴 너머로 가면……."

신 나서 소리치던 백광이 말을 잇지 못했다.

비록원으로 가야 하는 길목 중 하나인 동굴 앞에 한 명이 있었다.

왜 낯선 이가 저곳에 있는가.

저기는 화산파의 이들도 알지 못하는 곳이다.

비록원만이 아는 곳이었다.

백광이 놀란 만큼 표주한도 놀랄 수밖에 없었다.

그 또한 비록원이 마지막 희망이라고 생각했기 때문이었다.

손빈은 백광을 내려놓았다.

동굴 앞에 선 이의 기도는 범상치 않았다. 그저 가만히 있음에도 무언가 자신을 억누르는 위압감마저 들었다.

'강하다.'

그는 긴장감을 숨길 수 없었다.

눈앞에 선 상대에 대해 불길한 기분이 들었다.

낯선 이는 옆구리에 찬 검을 뽑아 들었다. 새하얀 검신이 빛을 머금으며 손빈을 겨누었다.

"반갑소. 내가 탈화무도 운진이오."

제발 아니기를 바라던 상황이 벌어졌다.

탈화무도 운진.

매화검문의 제이대 문주인 그가 눈앞에 있다.

적엽문에서 화산파에 보내기 위해 고르고 고른 손빈이다. 적어도 그는 상대가 누구든지 간에 쉽기 지지 않으리라 생각하고 있었다.

그러나 상대가 운진이라면 달랐다.

화산파의 도사 시절부터 운진은 손꼽히던 매화검수였다.

그리고 매화검문을 세우면서 섬서의 오대검객 중 하나라는 찬사를 들을 정도로 성장했다.

그와 손빈이 비교될 리가 없었다.

"도망가시오."

손빈은 뒤를 보며 말했다.

이세 별도리가 없었다.

운진을 상대로 복숨을 걸어야 한다. 그렇게라도 시간을 벌어야만 했다.

"아니. 갈 수 없다."

운진이 조용히 손을 들어 올렸다.

그러자 주변의 수풀 속에서 매화검문의 무인들이 모습을 드러냈다.

갑자기 주변이 포위되자 손빈의 얼굴이 사색이 되었다. 아무리 그가 정신이 없었다고는 하지만 주변에 적이 이렇게 많음에도 어떠한 기척도 느끼지 못했기 때문이다.

"정하게. 죽을 것인지, 아니면 순순히 끌려갈 것인지."

운진의 말에 손빈은 두 눈을 질끈 감았다.

죽지 않고 살 수 있다.

그 말은 무엇보다도 달콤했다.

어깨에 메고 있는 짐을, 자존심을 버리면 살아남을 수 있다.

하지만 그럴 수 없었다. 이곳까지 오는 동안 죽은 수하들을 볼 낯이 없다.

"가겠소."

손빈은 기수식을 취하자마자 운진에게 달려들었다.

땅을 박차는 그의 모습은 한 마리 맹호와도 같아 보였다.

그는 온 힘을 다한 일권을 운진의 머리를 향해 뻗었다. 제대로 맞는다면 머리를 날려 버릴 수도 있는 위력이었다.

그러나 운진의 검이 허공에 춤을 추었다.

한 송이의 매화가 그의 손등에 그려졌다. 그리고 두 번째 매화가 손목에, 세 번째의 매화가 팔뚝에 새겨지며, 네 번째의 매화가 이마에 새겨졌다.

매화검법의 개춘매화(開春梅花)라는 초식이었다.

나뭇가지에 매화가 피는 것처럼 손빈의 팔을 타고 그려진 매화는 치명적일 정도로 아름다웠다.

손빈은 뛰어오르던 그대로 바닥에 허물어졌다.

단 한 수였다.

겨우 일검에 손빈은 목숨을 잃어버렸다.

그의 검을 직접 보니 그대로 얼어버리고 말았다.

"도망갈 텐가?"

검에 묻은 피를 털어내며 운진이 물었다.

화산파의 그 누구도 답할 수 없었다.

그의 압도적인 신위에 모두 기가 죽어버렸다. 손가락 하나
만 움직여도 자신들은 죽는다.

그걸 실감하니 도저히 움직여지지 않았다.

"왜 본 파를 공격한 것이오."

그러던 차에 나선 것은 백초였다.

그는 운진의 몸에서 흘러나오는 기세에 얼굴이 새하얗게 변
해 있었다.

운진은 백초를 보며 의외라는 표정을 감추지 못했다.

"적엽문의 소문주군."

"한때일 뿐이오."

"하지만 나는 자네에게 물어보는 것이 아니네. 장승 관주가
운허의 사제 노릇을 한다고 하딘네. 어린 제자들 뒤에 숨어서
벌벌 떨고 있는 건가?"

"사숙께서 나설 필요가 없을 뿐이오."

"사숙이라?"

운진은 어처구니가 없다는 반응을 감추지 못했다.

그의 시선은 자연히 장승에게 향했다.

장승은 마른침을 삼켰다. 그저 눈이 닿은 것만으로도 밀려오는 두려움을 감출 수 없었다. 그는 주먹을 꽉 쥐었다. 손톱이 손바닥을 찌르며 피가 흐르자 차라리 제정신으로 돌아오는 것만 같았다.

"우리가 이곳에 올 줄은 어떻게 알았소?"

"비록원으로 가는 길이니 모를 것이라 여겼나?"

"그렇소."

"화산파에서는 대대로 장문인을 비롯한 일부만이 비록원의 존재를 알았지. 그들은 일부러 기록하지 않았을 뿐, 비록원으로 가는 길을 알고 있다. 그리고 나 또한 그랬었지. 화산의 모든 것이 기록되었을 리가 없지 않나. 비록원 쥐새끼들이 알면 안 되는 비밀은 있으니까."

"……."

운진의 말에 백광은 표주한을 보았다.

저 말이 사실이냐는 뜻이었다.

그러나 표주한은 말없이 고개만 저었다. 운진이 한 말은 그로서도 처음 듣는 말이었다.

"그래서 처음부터 여기서 기다린 것이오? 이미 화산을 벗어나는 길에는 수하들을 심어놓았으니 말이오."

"너희가 죽음을 각오하고 싸웠다면 달랐을 테지. 일부러 험하지만 빨리 내려올 수 있는 길목에만 수하들을 심어놓았으니까. 고맙다, 너희가 겁쟁이라서 이렇게 쉽게 잡을 수 있었으니 말이다.”

“…….”

장승은 아무런 말을 할 수 없었다.

운진은 그런 그를 흘겨보며 수하들에게 명했다.

“끌고 가라. 이놈들을 이용할 것이다.”

그러자 기다렸다는 듯이 수하들은 허리에 맨 포승줄을 꺼내어 화산파의 이들의 손을 묶었다.

거친 포승줄에 고통을 느끼면서도 백광이 큰 목소리로 물었다.

“우, 운학 사백은 살아 있나요?”

“…….”

갑작스런 말에 운진의 눈동자가 흔들렸다.

“곧 죽을 것이다.”

“이용하신 건가요?”

“아니. 버렸을 뿐이다.”

“…너무하세요.”

백광은 고개를 숙이며 눈물을 흘렸다.

“허튼짓을 하면 죽여라. 하나만 살아 있어도 되니까.”

하지만 운진은 백광을 외면할 뿐이었다.

第五章
선전포고(宣戰布告)

매화검문은 곧장 화산을 벗어났다.

화산은 산세가 험하여 방어에는 용이했지만, 그뿐이었다.

매화검문의 목적은 화산파의 점거가 아니다.

화산파의 실질적인 전력인 속사삼대문파를 모두 밀어버려야 했다. 지금 화산파를 급습한 것은 적의 사기를 떨어뜨리는 것 정도밖에 되지 않았다.

화산파의 핵심은 운허 단 한 사람이니까.

부상이라고 하지만 그의 숨이 붙어 있다면 화산파는 살아 있는 셈이 되는 것이다.

지금 잡은 포로들은 운허를 제어할 무기가 될 것이다.

그걸 모르는 이들은 없었다.

그랬기에 겨우 사람 몇 명을 잡아가면서도 매화검문의 분위기는 고조되어 있었다.

화산파의 인원들은 마차 위에 얹힌 짐승 우리에 옹기종기 앉아 있었다. 엉덩이가 저려 움직이기도 힘들 정도로 작은 공간 속에 유독 상태가 좋지 않은 이가 있었다.

홀로 척검대와 맞서 싸운 운학이었다.

그는 정말로 죽지 않을 정도의 상처를 입었다.

계속 거친 숨을 내쉬는 그를 볼 때마다 백광은 눈물을 참을 수 없었다.

하지만 참고 또 참았다.

매화검문의 이들은 누구도 떠드는 것을 두고 보지 않았다.

그래서 그들이 잠든 늦은 저녁만이 유일하게 이야기를 할 수 있는 때였다.

늦은 저녁, 주변을 지키던 매화검문의 이들도 줄어들었다.

다들 잠을 자러 들어가자 백광은 그제서야 입을 열었다.

"사백님. 괜찮으세요?"

"괜… 찮다. 오히려 미안하구나."

운학은 힘이 빠져 쥐어지지도 않는 주먹을 굳게 쥐었다.

보기 좋게 속았다.

그리고 그로 인해서 이 사태가 일어났다.

처음부터 알았다면 차라리 화산파의 모든 인원과 함께 척검대와 정면으로 붙어 길을 뚫었을 것이다. 그러면 적어도 이렇게 끌려가는 수모는 없었을 터였다.

“아니에요. 그래도 사부님께서 구해주실 거예요.”

“…그래. 믿어야지.”

힘들다라고 말하려던 운학은 애써 말을 돌렸다.

이미 매화검문에 포로가 되어버렸다. 부상 중이라는 운허가 그들을 도울 수 있을 리가 없었다.

“저희는 이대로 매화검문으로 가는 것입니까?”

운학과 반대편에 있는 장승이 물었다.

“아니. 아마도 아닐 것이오. 적엽문에 갈 것 같소.”

“그게 무슨 소리입니까?”

“식량이 많으니까. 적어도 단순히 왔다 갔다 할 생각은 아니란 것이오.”

“그런…….”

이제 장승은 머리가 어지러워져만 갔다.

그 자신의 무력함이 이토록 신물이 날 수가 없었다. 억지로라도 운허를 졸라 무공을 배웠어야 했으면 나았을까.

그는 몇 번이고 스스로를 자책했다.

“쉿. 누가 옵니다.”

그때 백광이 낮은 목소리로 말했다.

그에 다들 입을 다물고 몸을 웅크렸다.

그러나 귀만은 다가오는 발걸음 소리에 집중하고 있었다.

“어이. 거기 여자.”

거친 목소리지만 발음이 이상하다.

그리고 그와 함께 술 냄새가 풍겨오기 시작했다.

그 혼자만이 아니다.

뒤로 두 명이나 더 있었다.

백령은 자신을 부르자 조심스레 고개를 들어 올렸다.

그녀를 보는 매화검문의 무인들의 입가에 미소가 머금어졌다.

"야, 꺼내."

갑자기 우리의 문이 열리며 우악스런 손길이 백령을 잡아끌었다. 심신이 너무 지쳐서 유일하게 잠들어 있던 그녀는 아무런 반응도 하지 못하고 끌려 나왔다.

"이게 무슨 짓이냐!"

그걸 알아차린 운학이 고함을 쳤다.

그러나 그가 밖으로 나오려고 하기도 전에, 다시 우리의 문이 닫혀졌다.

"뭐겠어. 포로 심문하는 거지."

한 명이 백령이 소리치지 못하게 입을 천으로 막았다. 다른 이들은 얼른 포대기에 그녀를 담았다. 뒤늦게 사태를 깨달은 백령은 발버둥 치기 시작했다.

그러자 어깨에 그녀를 메고 있던 이가 주먹으로 그녀를 몇 번이고 후려쳤다. 작은 비명 소리와 함께 그녀는 고통스러운 듯 벌레처럼 꿈틀거렸다.

"너희도 입 다물어. 이년 손가락 하나 날아가는 꼴 보기 싫으면."

그 사이 나머지 이들이 우리 안의 포로들을 위협했다.

운학의 눈에 핏발이 섰다. 두 눈 뜨고 이런 꼴을 보는 그는 속이 뒤집어질 것 같았다. 그러나 그늘이 장난 삼아 이러는 것이 아님을 그는 알아차렸다.

하지만 무언가 이상했다.

그가 아는 매화검문은, 특히 운진이 직접 이끌 때의 매화검문은 이런 풀어진 모습 따위는 보여준 적이 없었다.

운학은 그들의 면면을 자세히 살폈다.

'척검대!'

그는 그들이 척검대 소속임을 떠올렸다.

척검대라면 더 골치가 아파진다.

저들은 임무가 없다면 규율 따위는 신경 쓰지 않는 이들이다.

사실상 사파 무리와 다를 바가 없는 것이 척검대다.

'하지만 모중헌 대주가 있는데?'

우리를 억지로라도 부숴야 할까 고민하던 운학의 손에 힘이 빠졌다.

대주인 모중헌이 있다.

그런데 왜 척검대가 저런 행동을 할까.

'술을 마셨다고?'

그러니 말이 되지 않는다.

모중헌은 운진이 있다면 절대 술을 마시지 않는다.

이전에 술을 마시다가 운진에게 큰 실수를 저질렀기 때문이다.

그는 결코 마음이 너그러운 사람이 아니다.

자신이 먹지 못하는 술을 수하가 마시게 할 리가 없다.

모중헌이라는 한 사람의 명에 움직이기에 척검대가 유지되고 있지 않은가.

운학은 그들이 왜 그러는 것인지 깨달았다.

"모중헌 대주가 시켰나?"

"미친놈. 무슨……."

"모중헌이 나를 자극하라고 시키지 않았냐고 물었다. 매화검문의 문주께서 나를 파문시킨 것과는 달리 죽이지 않으니 나를 떠보려는 의도에 그러는 것이지 않냐 물었단 말이다."

"……."

운학의 말에 척검대 이들의 표정이 바뀌었다.

그들은 들고 가려던 백령을 그대로 발밑에 내려두었다.

"맞소. 그래서 어쩔 것이오."

의외로 그들은 순순히 인정했다.

운학은 생각이 들어맞았음에 오히려 기분이 착잡했다.

모중헌이 벌써부터 자신을 흔들 기미가 보인 것은 최악의 상황이다. 그 하나만이 아니라 화산파의 이들에게 피해가 번지게 될 것이다.

"나를 심문하기를 원하면 직접 오라고 하라."

"싫소. 보는 눈이 많으니 차라리 데리고 가는 편이 낫겠지."

척검대는 아쉽다는 듯 입맛을 다시며 백령을 다시 집어넣었다. 그리고는 마치 짐승을 끌어내듯이 운학의 머리채를 잡아당겼다.

운학은 수치심에 몸을 부르르 떨었다.

그러나 참았다.

지금 흥분을 하는 것은 모중헌이 바라는 바였다.

그저 견뎌야만 했다.

그게 수치스럽더라도 참고 버텨야만 한다.

"크큭. 오줌이라도 지렸수? 왜 그렇게 벌벌 떨어. 아니면 무섭나?"

운학이 반항을 하지 않자 다른 한 명이 그를 보며 이죽거렸다. 그리고 운학의 두 손과 두 발을 밧줄로 묶고 그의 이마를 검지로 밀며 말했다.

"이렇게 고분고분하니 얼마나 보기 좋아. 응?"

"……."

"우리 대주님 앞에서도 알아서 기어라. 애들 다 죽는다. 변절자 놈아."

그리고는 그대로 운학의 등을 발로 걷어찼다.

두 발이 묶여서 제대로 버티지 못한 운학은 그대로 앞으로 고꾸라졌다.

"사백님!"

백광은 그걸 보며 더 이상 참을 수 없었다.

"어린 원숭이가 까부네. 거기서 손 내밀어봐라. 그대로 잘라 버릴 테니까."

"아니지, 개겨. 어차피 네놈들은 목숨만 살아 있으면 팔 하나 정도는 없어도 괜찮거든.”

척검대의 이들은 살기등등한 모습을 보였다.

백광은 겁에 질려 아무런 말을 하지 못했다. 그러면서도 분한지 주춤주춤 일어나는 운학을 보며 눈물을 꾸욱 참는 것만이 고작이었다.

운학이 끌려가고 척검대도 사라졌다.

그들이 사라진 후, 백광은 눈물만 흘렸다. 소리조차 내지 못했다. 너무 억울하고 무서워 우는 것밖에 할 수 없었다.

표주한은 말없이 그런 손자를 껴안았다.

백광은 그의 품에서 소리 없이 흐느껴 울었다.

“어이. 당신들 화산파야?”

그러던 차에 낯선 사람이 말을 걸어왔다.

짐승 우리 안의 화산파 사람들은 화들짝 놀랐다.

초라한 행색에 참마도 하나만을 등에 맨 이가 코앞에 있었다.

도대체 언제 온 것일까.

그 누구도 기척을 느끼지 못했기에 다들 눈만 굴렸다.

또다시 매화검문이 보낸 사람이지 않을까 하는 우려에서였다.

“나 방석이라고 하는데. 아는 사람 있습니까?”

“단참도? 상만청 어르신이 거두셨다는…….”

낯선 이의 말에 장승이 가장 먼저 반응했다.

상만청이 자신이 제자를 거두었다며 보낸 서신에 적으로 싸웠던 방석의 이름이 적혀 있어 몇 번이고 눈을 의심했었기 때문이었다.

"당신이 장문인의 사제 맞습니까?"

"그, 그렇습니다."

"갑시다. 몰래 들어온 것이라 빨리 나가야 하니까."

"혼자 온 겁니까?"

"설마. 사부님도 같이 왔으니 갑시다."

"먼저 우리 좀 열어주십시오."

"물론입니다. 잠시만, 지금 자를 테니 다치기 싫으면 뒤로 가십시오."

방석이 등에 맨 도를 빼 들었다.

백광은 자신보다도 더 큰 도가 나뭇가지마냥 가볍게 그의 손에 들리자 놀라 입을 다물지 못했다. 그리고 그의 도가 우리의 창살을 잘라냈다.

화산파의 이들은 천천히 밖으로 나왔다.

이미 며칠 동안 우리에 있었기 때문에 제대로 서 있기도 힘들었다.

방석은 그들의 상태를 면밀히 살폈다.

오래 갇혀 있어 지쳐 보였지만 큰 상처를 입지는 않았다.

적어도 움직이는 것에 큰 문제는 없으니 다행인 셈이었다.

"갑시다."

"자, 잠깐만요."

등을 돌리며 가려는 방석을 백광이 붙잡았다.

"왜 그러지?"

"한 명 더 있어요."

"그사이 객식구가 늘은 건가?"

의아해하며 방석은 장승을 보았다.

"그는 운허 장문인의 사형입니다."

"설마 매화검문의 운진 장문인이나 운학 대주를 말하는 겁니까?"

"…그렇습니다."

"그자들 적 아닙니까?"

"운학 대협은 적이 아닙니다."

"젠장, 미치겠네."

방석은 상황이 복잡해지자 머리를 벅벅 긁었다.

매화검문이 배신하면서 당연히 운학 또한 적이라고 믿었다.

그런데 뜬금없이 그가 적이 아니라니.

도대체 어떻게 돌아가는 일인지 알 수가 없어 골치가 아팠다.

그러나 지금 이곳은 매화검문이 머무는 야영지의 중앙이다.

계속 한가로이 이야기를 나눌 상황은 절대 아니었다.

"그 사람 어디 갔습니까."

"척검대주에게 끌려갔습니다."

"그러면 죽었을 겁니다. 난 시체 구할 생각 없습니다."

"…그래도 운진 문주의 사제입니다. 죽지는 않았을 겁니다."

"척검대주 소문 모릅니까? 그 새끼는 개새낍니다."

"하지만 그는……."

"그 한 명 구하려다가 다 죽습니다. 내 능력 밖의 일은 난 못 합니다. 운진 문주가 죽이지 않을 것이라는 것에 걸어봐야 할 겁니다. 알겠습니까?"

"……."

방석의 매몰찬 태도에도 장승은 아무런 말을 할 수 없었다.

사실 방석의 말이 옳았다.

방석 또한 고수지만 운허만큼은 아니다.

그가 홀로 매화검문 사이에서 모든 이를 구할 수는 없다. 그리고 그럴 자신도 이유도 없었다. 지금처럼 몰래 잠입을 한 것도 충분히 목숨을 건 일이었다.

"갑시다."

무언의 승낙을 얻은 방석은 자신이 왔던 길로 그들을 안내했다.

"자, 들어가라."

운학을 끌고 온 이들은 모중헌의 막사로 그를 밀어 넣었나. 또다시 넘어질 뻔했던 운학은 간신히 중심을 잡고 숙여져 있던 고개를 들어 올렸다.

모중헌이 자신을 비웃을 것이라 여겼지만, 그는 없었다.

그를 대신해 있는 것은 운진이었다.

"어서 오거라."

운진은 예전처럼 아무렇지 않게 그를 맞이했다.

운학은 그 모습에 어처구니가 없었다.

"오랜만입니다."

"불편해 보이구나. 그 밧줄을 끊어줄까?"

"필요 없습니다."

운학은 몸에 힘을 주어 손과 발을 얽맨 밧줄을 끊어냈다.

처음부터 이럴 수 있었음에도 그가 앞선 모욕을 참은 것은 화산파 이들의 안위를 걱정해서였다. 굳어진 몸을 가볍게 푸는 운학은 운진을 찢어버릴 것처럼 노려보았다.

"처음부터 저를 잘도 이용하셨습니다."

화산파를 공격을 논하는 그 자리에서 그렇게 쫓겨난 이유가 무엇이었겠는가. 그리고 척검대가 정면으로 올라왔던 이유는 또 무엇이었겠나.

처음부터 운학을 이용할 작정이었다.

운진은 사제인 그를 기꺼이 도구로 사용한 것이었다.

날이 선 운학과 달리 운진은 평소와 같이 여유로웠다. 약간은 졸린 것처럼 보이는 그 무표정이 그렇게 얄미워 보일 수가 없었다.

"모중헌 대주가 없어서 분한 모양이구나."

"당신의 역겨운 얼굴보다야 그자가 차라리 나았을 겁니다."

"그는 본 문에 충성을 다하는 사람이다. 너처럼 어중간하게 정에 얽매여 있지 않아. 그야말로 무인의 표본이지."

"충견이겠지."

"그런가? 그건 너의 말이 맞을지도 모르겠구나."

운진은 대수롭지 않게 넘겼다.

그리고는 앞의 빈자리를 가리켰다.

"앉아라. 이야기가 조금은 길어질 것이니까."

"…얼마든지."

운학은 의외로 선뜻 운진의 앞에 앉았다. 그렇게 앉자마자 억눌러 왔던 살기를 흘려보냈다.

운진은 피식 웃으며 말했다.

"여전히 너는 불만을 감추지 못하는구나."

"당신처럼 가족을 속이지 않습니다."

"널 속인 건 미안하구나. 하지만 이게 아니면 불가능한 작전이어서 말이다."

운진의 말대로다.

운학이 속아 넘어가 움직였기에 이토록 쉽게 화산파의 인원들을 생포했다.

"그 빌어먹을 작전. 모중헌 대주가 짠 것이지 않습니까?"

"맞아. 역시 감을 집었구나."

"저를 보고 웃을 때부터 의심했습니다. 왜 그가 매화검문에서 파문당한 저를 보며 살갑게 대했는지 말입니다. 그는 언제나 내가 매화검문을 차지할지도 모른다고 생각했으니까. 그래서 나를 항상 찍어내려고 했지."

작전을 들킨 것에 기뻐하는 운진과 달리 운학의 표정은 썩 좋지 않았다. 눈앞의 운진을 보며 잠자코 있는 것만으로도 속이 타들어갔다. 독한 화주를 한 사발째 들이켜는 것처럼 쓰라렸다.

"역시 사제야. 믿음직스럽다니까."

"친근한 척하지 마십시오. 이제 당신과는 더 이상 사형제 관계가 아니니까."

"그래? 아직 삐쳐 있는 거야? 하긴, 어릴 때도 사제는 속이 좁았지."

"……."

아무렇지 않게 예전 이야기를 꺼내는 운진을 보며 운학은 가까스로 화를 참았다. 일부러 자신을 자극하는 듯한 운진의 태도가 의심스러웠기 때문이다.

운학은 최대한 침착해지려고 노력했다.

"내가 왜 불렀는지 궁금하지는 않아?"

"용건만 듣고 갈 생각입니다."

"그 동물 우리는 가서 뭐할 건데? 어차피 거기에 아무도 없어. 지금쯤이면 말이지."

화산파의 이들이 거론되는 순간.

운학은 그도 모르게 자리에서 벌떡 일어났다.

"네놈은 그들에게 무슨 짓을 한 거냐!"

"앉아. 난 건드리라고 한 적이 없어."

"네놈의 충견이 움직였나, 운진?"

흥분을 한 탓에 운진의 말투에 존대는 사라졌다.

그가 정말로 화가 난 것임을 깨달은 운진은 맥없이 한숨을 쉬었다.

"도망갔어."

"…뭐?"

"정정하지. 화산파 쪽에서 데려갔어."

"그들을 쫓을 셈인가?"

"아니. 보낼 거야. 생각해 봐, 내가 왜 이렇게 느리게 갔을까? 차라리 본문이나 적엽문에 가는 것이 더 낫지 않았을까? 이렇게 게으름 부리지 않고 말이야."

운진은 미소를 지었다.

그와는 반대로 운학의 표정은 굳어졌다.

그는 머릿속으로 운진의 말에 대해 고민을 했다.

이미 짐승 우리에 갇혀 있으면서 고민을 했던 부분이다.

왜 느리게 갈까.

하지만 마땅한 답을 알 수 없었다.

매화검문이 적엽문을 공격하기 위해 체력을 보전하며 움직이고 이동하고 있으리라고 지레짐작했을 뿐이다.

"사제를 화산파에 보내면서 화산연합에 있던 안소평 대수에게 서신을 보냈지. 이 서신을 받는 즉시 화산연합을 기습하라고."

"그런 짓까지 했다고?"

"당연한 것 아닌가. 이왕 공격하려면 적이 예상하지 못할 때에 해야지. 전쟁은 비무가 아냐. 언제나 적의 허점을 찔러야지."

“네놈, 정말…….”

다시금 화가 차오르자 운학은 도저히 말을 이을 수 없었다.

지금이라도 운진의 멱살이라도 잡고 싶었다.

하지만 그는 참았다.

왜 운진이 이런 말을 자신에게 하는 것일까.

그 이유를 알 수 없다.

화산파의 도사가 된 이후, 평생을 함께했건만 운학은 운진의 머릿속을 알 수 없었다.

도저히 이해할 수 없다.

언제부터 운진은 이런 사람이 된 것인가.

처음부터였을까.

아니면 멸문화산이 일어난 후부터였을까.

“하지만 실패했겠지. 그렇지 않았다면 화산파를 공격하지 않았을 테니까.”

적어도 운학은 그걸 위안 삼았다.

만약 화산연합이 안소평 대주의 공격에 궤멸 상태에 빠졌다면 매화검문은 바로 적엽문을 공격했을 터였다.

“맞아, 사제. 만족할 만한 성과는 아니지. 하지만 실패도 아니야. 정확한 피해는 모르지만 효과는 본 모양이야. 운허의 부상이 심해졌으니까.”

“변했다. 네놈은 내가 알던 운진이 아니야.”

“난 그대로야, 사제. 단지 상황이 바뀌었을 뿐이지.”

“변절자라는 것은 인정하는군.”

"당연하지. 나 또한 일말의 죄책감은 아직도 가지고 있어. 그때 운허를 죽였어야 했는데 말이야."

"……."

운학은 더 이상 운진과 말을 하고픈 마음이 싹 가셨다.

그가 자리에 일어나자 운진이 그의 팔을 붙잡았다. 운학은 그의 손을 뿌리쳤다.

"사제, 아직 이야기는 끝나지 않았어."

"난 끝났어."

"솔직히 말할게. 내가 왜 그랬는지를 말할 테니까 앉아. 그리고 도와줘."

"네놈을 도울 생각은 없다."

"걱정 마. 이야기를 들으면 돕게 될 테니까."

운진의 입꼬리는 맥없이 올라갔다. 불쾌함을 감추고 운학은 자리에 멈추어 그를 보았다.

"궤변을 늘어놓으면 난 갈 것이오."

"사부님이 돌아가신다."

"이제 사부님까지 팔아먹는 것이냐, 운진!"

운학에게서 좀 전과는 다른 확연한 살기가 느껴졌다.

하지만 운진의 표정은 흔들리지 않았다. 오히려 눈빛은 더 강렬한 빛을 뿌리고 있었다.

"암화주가 찾아왔었다. 그리고 그자가 사부님의 몸에 고독을 심었다."

"도대체 그자가 언제 사부님께……!"

“그자가 내건 조건은 간단하다. 화산파를 다시 멸문시키면
된다. 그러면 사부님을 살릴 수 있다.”

도대체 언제 암화주가 나타난 것인가.

왜 그자는 화산을 벗어난 자신들에게 이러는 것인가.

운학의 표정은 처참하게 일그러졌다.

그의 손에 맥없이 무릎을 꿇었던 지난 세월들이 자꾸만 되
새겨졌다.

“내가 그 말을 믿을 것 같소?”

“믿어. 널 아니까. 내가 진심인 것도 알잖아, 사제. 사부님의
목숨이 걸려 있는데 내가 뭘 못할 것 같아?”

“…….”

운학은 아무런 답도 할 수 없었다.

명종이 거둔 세 제자 중 살아남은 것은 운진과 운학 둘뿐이
다. 그리고 그들 중 가장 명종과 비슷한 성격과 기질을 가진
이라면 단연코 운진이었다. 그래서였을까. 다른 제자들보다도
운진은 명종을 따랐다. 다른 사제지간보다도 더 친밀해 보였
다.

“사제, 운허에게 죄책감을 가지는 것은 좋아. 당연히 그래야
지, 사람이면.”

“당신이 사람이라면 더 이상 그 아이를 괴롭혀서는 안 되는
일이야!”

“맞아. 사람이라면 이래서는 안 되지. 우리를 위해서 매영
이 된 그 아이에게 그러면 안 되는 일이야. 그런데 말이야, 사

제는 누가 더 중요하지? 사부님이냐, 아니면 운허냐.”

“그 아이에게 미안하지 않소? 사부님은 그걸 바라셨소?”

“미안해, 정말로. 그런데 그딴 것 신경 쓸 시간이 없어. 둘 중 하나는 죽어. 차라리 누구 하나를 죽이는 것이 더 빠르겠지. 그러니 택해라, 사제. 우리에게 선택권은 단 하나. 사부님이냐, 아니면 운허냐. 이것뿐이다.”

“…….”

운학은 허망해졌다.

또다시 아무것도 할 수가 없다.

암화주가 시키는 대로 따라야만 할 뿐이다.

그 나약함과 허탈함에, 화산을 멸문하면서까지 얻은 것이 결국 아무것도 없음에 그는 자리에 주저앉았다. 온몸에 힘이 빠져서 도저히 서 있을 수가 없었다.

운진은 그런 운학을 보며 시선을 거두며 말했다.

“이제 우리는 화산파 포로들이 도망간 곳을 쫓아갈 것이다. 거기에 아마 적들이 급하게 오고 있겠지. 적엽문이 무너지면 각개격파가 될 것이 뻔하니 말이다. 니의 선택을 기대하겠다, 사제.”

그의 말에도 운학은 아무런 답을 하지 못했다. 넋이 나간 사람처럼 멍하니 있을 뿐이었다.

“왜 이렇게 쉽지?”

매화검문의 야영지에서 벗어나자마자 방석은 찝찝한 느낌

을 감추지 못했다. 다른 곳도 아니고 매화검문이 이토록 방비가 허술할 줄은 몰랐다. 특히 화산파의 이들은 모두 약하고 지쳤음에도 아무에게도 걸리지 않은 것은 이상하게 여겨질 수밖에 없었다.

하지만 그렇다고 가던 길을 멈출 수는 없는 노릇이다.

상만청은 그에게 될 수 있으면 빨리 오라고 하지 않았던가.

매화검문이 있던 곳에서 반 시진을 걸어가자 산기슭에 작은 불빛이 보였다. 그와 함께 온 일행이 말을 지키고 있는 곳이었다.

"저기로 갑시다. 말이 있으니까."

말이 있다는 말에 지쳐 있던 화산파의 발걸음에 힘이 실렸다.

그들이 가까이 가자 말을 지키고 있던 무인이 소리쳤다.

"방석 대협입니까?"

"어, 나야. 오래 기다렸어?"

"기다리면서 조마조마했습니다."

간단한 안부를 물으며 같이 온 일행과 방석은 화산파의 이들에게 말을 나누어주었다. 원래는 사람 수에 맞추어서 가지고 왔지만 지금 보니 말을 탈 줄 모르는 사람들이 있어서 오히려 말이 남았다.

방석은 선두에서 말을 몰았다.

이미 매화검문에서 빠져나온 지도 제법 시간이 지났다.

이때까지 매화검문이 모를 리가 없다.

그들이 행여 뒤쫓을지도 모르니 밤중이라고 한들 말의 속도를 줄일 생각은 없었다. 그에 대해 아무런 말을 하지 않았지만, 뒤의 이들은 군소리 없이 쫓아왔다.

말을 타고 꼬박 하루가 넘게 이동했다.

늦은 오후의 해가 저물어갈 때가 되서야 속가삼대문파의 이들을 발견할 수 있었다.

그들에게 합류하자마자 화산파의 이들은 먼저 휴식을 취했다. 이때까지 쌓인 피로 때문에 그대로 잠에 곯아떨어지고 말았다. 다만 장승만은 그동안에 있던 일들을 이야기하기 위해 남아 있었다.

속가삼대문파의 문주들과 운허, 상만청은 장승의 보고를 들었다.

그 보고를 끝맺자마자 장승은 서위에게 고개를 숙였다.

"먼저 죄송합니다, 서위 문주님. 저희 때문에 아끼시는 수하들이 죽었습니다."

"…아닙니다. 이렇게 살아 계시니 다행이지요."

하지만 서위의 표정은 썩 좋지 않았다.

손빈을 포함한 이들은 그로서도 참으로 아끼는 이들이었다.

"그러면 매화검문의 병력과는 금방 조우하는 것 아닙니까? 저희는 이제 이백, 그들은 그보다 더 적지 않습니까."

곽홍은 서슬 퍼런 눈빛으로 주변의 이들의 동의를 구했다.

그에 다른 이들도 고개를 끄덕였다.

매화검문의 안소평 대주가 일으킨 배반으로 인하여 세 문파는 예상치 못한 피해를 입었다. 다행히 운허와 상만청, 방석의 활약이 있어 조기에 끝났다지만, 약을 탄 술을 마시고 잠든 곽홍을 비롯한 서위와 원용으로서는 가슴이 철렁했던 일이었다.

그러니 매화검문이 좋게 보일 리가 없었다.

하지만 원용이 마땅치 않은 표정으로 말했다.

"그러나 저희가 지친 것이 문제입니다. 그리고……."

원용의 시선이 조심스레 운허에게 향했다.

운허의 부상이 문제다.

흑비와의 싸움으로 흉심백귀에게 입은 부상이 더 심해졌다. 거기다 비도가 박힌 상처들도 여간 깊지 않았다. 억지로라면 싸우겠지만 운허가 큰 도움이 되지 못하는 실정이었다.

"그러게. 내가 문제네."

운허는 머쓱한 웃음을 지었다.

동면순신공은 분명 상처를 치유하는 것에는 따를 것이 없는 희대의 무공이었다. 그러나 상처가 깊을수록 치유할 시간이 많이 필요했다. 그리고 그 시간 동안 운허는 아무것도 할 수 없었다.

만약 운허가 동면순신공을 쓰는 사이에 매화검문이 공격하면, 운허는 꼼짝없이 죽는다고 봐야 했다.

"흥, 그러면 하루나 이틀 정도는 여기서 쉬는 것이 나을 것이다. 어차피 다들 지쳐서야 제대로 싸우지도 못할 테니까."

상만청의 말에 모두들 의견을 모았다.

최소한의 인원만이 주변을 경계할 뿐, 모두 휴식을 취하기로 한 것이다.

　모두 흩어지고 운허는 장승을 따로 불렀다.

　"사제, 운학 사형에 대해 다시 설명해 줘. 뭐라고?"

　"운진 문주가 운학 대협을 파문했다고 했습니다."

　"운진 사형이 왜? 어째서지?"

　"화산파를 공격하는 것으로 의견이 갈린 것 같습니다. 그래서 운학 대협은 저희를 피신시키려고 했습니다."

　"너의 생각도 같이 들려줘. 난 사제의 판단을 믿고 있으니까."

　운허의 말에 장승은 자신이 직접 느낀 것을 자세히 설명했다.

　그가 보기에 운학은 이용당한 것처럼 보였다.

　사실 매화검문에서 운학의 위치는 운진의 바로 아래였다. 그런 이가 갑자기 파문당하고 화산으로 왔다. 물론 운학이 진심인 것은 장승은 잘 알고 있었다.

　그러나 운진이 짜놓은 대로 운학이 행동한 것이 문제였다.

　"그래. 그랬단 말이지."

　운허는 장승을 돌려보내며 다시 고민에 잠겼다.

　'운진 사형, 운학 사형.'

　도대체 무슨 일인가.

　왜 그들 사이에 문제가 생긴 것인가.

　그의 시름은 깊어졌다.

이틀의 휴식은 짧지만 달콤했다.

지친 화산파의 이들은 물론 혹사하다시피 싸우며 이동했던 속가삼대문파의 무인들도 이제는 제법 여유를 찾았다.

그러던 차에 경비를 서던 이들이 급히 호각을 불었다.

저 멀리서 매화검문이라 적힌 깃발을 든 이가 말을 타고 오고 있어서였다.

적의 기습일 수도 있다.

휴식을 취하던 이들은 곧장 경계태세로 들어갔다.

방석 또한 참마도를 들고 막사에서 뛰어나왔다.

하지만 상대가 단 한 사람임을 본 그는 경계심을 버렸다. 이미 경계를 서던 무인들이 포위하듯 둘러싸고 어디론가 데리고 가고 있어서였다.

"매화검문의 전령인가? 누구지?"

그는 매화검문의 무인을 데리고 가던 이들 중 하나를 불러 세웠다.

방석을 알아본 이가 공손히 답했다.

"매화검문의 문주 운진의 사제인 운학이라고 하는 자입니다."

"뭐? 운학?"

방석은 어이가 없어 운학을 보았다.

그리고 그는 그에게 다가가 다짜고짜 물었다.

"당신 매화검문에서 쫓겨난 것 아니었어?"

"그랬네. 그리고 지금도 매화검문에 돌아간 것은 아냐. 다

만, 화산파 장문인에게 매화검문의 문주가 한 말을 전하기 위
해 왔을 뿐이네.”
　“그럼 그 깃발은 왜 가지고 와?”
　방석은 이해할 수 없었다.
　그는 운학에게 신경을 끄고 다시 막사로 돌아갔다.
　그리고 운허의 막사 앞으로 운학이 다가갔다.
　“운허 장문인. 매화검문의 전령이 왔습니다.”
　운학을 호송하던 이들 중 하나가 운허의 막사 앞에서 소리
쳤다.
　“들여보내.”
　운허의 허락이 떨어지자 운학은 홀로 막사 안으로 들어갔
다.
　“어라? 사형?”
　뜻하지 않은 손님이 들어오자 침상에 누워 있던 운허가 자
리에서 벌떡 일어났다.
　“누워 있거라. 아직 부상 중이라 들었으니.”
　“아니에요. 사형이 왔는네 제가 왜 누워요. 사형이야말로
누우세요. 치리도 내올까요?”
　“난 매화검문의 전령으로 왔다.”
　“그런데요?”
　“너와 사적인 대화를 나누고 싶지 않다.”
　운학은 정확히 선을 그었다.
　그러자 운허는 섭섭한 마음을 감출 수 없었다.

"매화검문의 운진 문주는 너와 일전을 벌이고자 한다. 앞으로 이틀 뒤에 그가 직접 매화검문의 병력을 이끌고 올 것이다. 네가 만약 주변 사람들을 살리고 싶다면, 혼자 그의 앞에 가서 자결을 하면 된다."

운허는 운학의 표정과 말을 자세히 살폈다. 덤덤하게 말하는 것 같지만 운학은 굉장히 불안해 보이는 상태였다. 말을 다 하고 난 뒤에는 자꾸 입술을 달싹였다. 말하고 싶지만 말할 수 없는 무언가가 있어 보였다.

그 말이 어떤 것인지는 모른다.

그러나 저 말은 들어야 한다는 생각이 들었다.

"운학 사형. 말하고 싶은 것이 더 있나요?"

"나, 나는……."

"말해주세요. 경청할게요."

"……."

운학은 쉽게 말을 하지 못했다. 끝내 두 눈을 질끈 감고 고개를 숙이며 그가 말했다.

"운허야, 그는… 사형은 진심이다."

"예, 그런 것 같아요."

"죽… 여야 할 거다. 그래야 멈출 수 있다."

그의 말에 운허는 고개를 저었다.

운진을 죽인다?

단 한 번도 생각해 본 적이 없었다.

적어도 운허는 같은 사문끼리 죽이는 짓은 할 생각이 없었다.

"전 못 죽여요."

"아니. 넌 그래야 한다."

"어째서죠?"

"정말 미안하다."

"도대체 뭐가요?"

"이틀 뒤, 나도 너를 죽이러 올 것이다."

"……."

운허는 멍하니 운학을 보았다.

그의 입에서 이런 말이 다시 나올 것이라고는 생각되지 않았다. 설마 운진만이 아니라 운학마저 마음을 바꾸었을 줄이야. 다시금 홀로 남겨진 기분이 들었다.

매화비총을 나왔을 때, 이미 무너졌던 화산파를 보는 느낌이었다.

두 눈을 뜨고 있건만, 코앞은 컴컴하다.

찰나의 순간이지만 그 짧은 순간의 침묵이 지독하게 답답했다.

묻고 싶었다.

고래고래 소리치며 따지고 싶었다.

왜 이러는 거냐고.

왜 또다시 이러냐고.

같은 하늘 아래, 왜 사형제끼리 척을 져야 하냐고.

'동상이몽이었나.'

이제 머리가 아프고 가슴이 시려온다.

그의 눈동자는 눈물로 촉촉이 젖어들어 왔다.

그러나 참았다. 여기서 눈물 따위를 흘려서는 안 되는 일이었다.

물을까.

그러면 답해줄까.

'물을 수 없어.'

만약 정당한 이유라면, 꺼낼 수 있는 이야기라면 운학은 했을 것이다.

그러나 그는 단지 미안하다는 말을 하고 있다.

"사형, 후회하지 않으시겠어요?"

"평생 후회할 게다."

"그러지 마세요. 후회하지 않겠다고 약속하세요. 그러면 저도 적으로 싸울 테니까요."

"약… 속하마."

두 눈에서 참을 수 없는 눈물을 흘리며 운학은 떠났다.

第六章
전투

속가삼대문파의 진영에 비장함이 흘렀다.

운허를 통해 적이 이틀 뒤에 올 것이라는 이야기는 이미 진영 내에 퍼졌다.

다들 마지막으로 무기를 정비하며 몸을 살폈다.

긴장감이 감돌며 누구도 쉽게 웃음을 보이지 않았다.

이미 전날부터 매화검문은 천천히 다가오고 있는 실정이었다.

저 멀리서 먼지구름이 피어오르는 것을 보며 침착하기란 쉽지 않았다.

그러나 물러날 곳은 없다.

이번의 전쟁으로 모든 일의 결착이 나는 것이다.

적이 다가온다.

모두들 조용히 손에 든 무기를 빼 들었다.

그건 운허 또한 다르지 않았다.

아직 부상 중인 그는 전면에 나서지 않았지만, 언제든지 나가서 싸울 생각도 하고 있었다.

이미 운진과 운학이 죽이겠다고 선언한 상황이다.

부상을 핑계로 뒤에 있을 마음은 없었다.

그사이 매화검문에서 말을 탄 한 명이 가까이 다가왔다.

"또 전령일까요?"

운허는 옆에서 무료한 기분을 감추지 못하던 상만청에게 물었다.

"그래, 전령이지."

"뭘 이야기하려는 걸까요?"

"별것 없다. 그냥 싸우기 전에 하는 행사 같은 거다. 우리는 어떤 명분으로 네놈들을 칠 것이니까 알아둬라. 이 정도? 그냥 자기들 사기 높이려는 거다."

"우리는 보내지 않아도 돼요?"

"필요 없지. 우린 벌써 뒤통수 맞았는데 무슨."

상만청은 주변의 무인들을 가리켰다.

전장에서 주는 공포감 따위는 찾아볼 수 없었다. 오히려 다들 적당한 흥분감과 함께 분노를 품고 있었다. 그의 말대로였다. 지금 이 정도라면 굳이 사기를 올릴 필요도 없었다.

"매화검문의 이름으로 적들에게 알린다! 화산파는 이미 도의가 떨어져 멸문하였다. 이미 대가 끊겼음에도 자신을 화산파의 도사로 자칭하는 무뢰배가 화산파를 다시 세우니, 본 문은 화산파의 이름이 더럽혀지는 것을 참을 수 없도다!"

매화검문의 전령의 목소리가 쩌렁쩌렁하게 울려 퍼졌다.

그 말을 듣던 운허의 얼굴이 일그러졌다.

"도사로 자칭하는 무뢰배?"

그는 자신의 귀를 의심했다.

무뢰배라니.

매화검문에서 저렇게 말을 할 줄은 몰랐다.

운허를 가장 잘 알고 있는 사람이 운진과 운학이 아니었던가.

"신경 꺼라. 저런 말 따위 누가 속겠냐."

상만청은 굳어진 운허의 어깨를 툭 건드렸다.

운허는 어색한 웃음만 지을 뿐이었다.

그사이 전령은 숨을 고르며 아까 전의 외침을 이어갔다.

"그리하여 본 문은 무림맹과 무림맹주의 권한을 얻어 화산파를 자칭하는 무뢰배와 그들을 따르는 세 개의 문파에 대한 감찰 권한을 받았으니, 그 권한으로 마땅히 너희를 벌할 것이디!"

이번의 여파는 달랐다.

무림맹주.

그가 거론되는 순간 속가삼대문파 여기저기서 수군거림이 번지기 시작했다.

지금에 이르러서 무림맹은 정파무림을 대변하는 위치가 되어버렸다. 그랬기에 무림맹주의 위세는 그야말로 하늘에 나는 새를 떨어뜨릴 만했다.

그런데 무림맹에서 화산파에 대한 감찰권을 매화검문에 줬다니. 화산파가 무림맹의 사조직이 아니었기에 얼토당토않는 말이었다.

그러나 그 어처구니가 없는 것이 눈앞에서 벌어지고 있다.

"암화……."

운허는 이를 갈았다.

누가 뒤에서 일을 저질렀는지는 훤했다.

그는 자연히 운학과 운진의 변화를 떠올렸다.

암화가 언제까지 잠자코 있으리라 생각하지는 않았다.

그런데 지금 와서 생각하니 암화가 그 둘에게 무슨 수를 쓴 것이 분명했다.

'두고 보자.'

운허는 으스러질 듯 주먹을 쥐었다.

운학과 운진에게도 손을 썼다면, 당연히 명종에게도 그랬을 것이다. 그리고 그들 다음에는 지금 화산파 사람들일 것이 뻔했다.

'물어봐야겠어.'

암화주가 도대체 무슨 짓을 했을까.

운허는 그걸 운진의 입으로 직접 듣고 싶었다.

그가 앞으로 나서자 상만청 또한 옆에 따라붙었다.

“네놈, 벌써 나갈 셈이냐?”

“예. 따라오실래요?”

“그래야지.”

그가 나서자 앞에 대열을 맞추고 있던 무인들이 양옆으로 비켜났다.

“신풍주협이 나서신다!”

누군가가 운허의 별호를 외치며 함성을 질렀다.

그러자 주변의 모든 이가 거친 함성을 토해내기 시작했다.

그는 모든 무인들의 앞에서 멈추었다. 그리고 뒤를 돌아 속가삼대문파 무인들의 면면을 살폈다. 다행히 그들은 운허를 보며 눈을 빛내고 있었다.

지금 운허의 강함을 가장 잘 아는 이들이 그들이다. 다친 몸으로 수많은 적을 물러서게 한 그 위용을 눈앞에서 보았다.

운허가 아직도 부상 중이라고는 하나, 그에 대한 신뢰는 절대적이었다.

운허는 검을 높게 빼 들었다.

“화산의 검으로, 화산인을 증명하겠다!”

“우와아아아아!”

운허가 앞장서자 뒤의 이들이 함성을 지르며 뒤따르기 시작했다. 그리고 열 명의 무인이 그의 바로 뒤로 모여들었다. 상만청, 방석과 운허와 같이 움직이기 위해서 따로 차출한 결사대였다.

속가삼대문파의 계획은 간단했다.

운허와 함께 고르고 고른 고수들이 그대로 적의 대형을 끊어버리는 것이었다. 그러기 위해 지금 그들의 대형은 창날과도 같이 보였다.

매화검문에서도 빠른 움직임을 보였다.

운허가 전면에 나서자 잠시 웅성거리던 이들은 좌우로 넓게 퍼지기 시작했다. 특히 매화검문의 우측에는 말을 탄 이들이 집중 배치되어 있어서인지 금방 속가삼대문파의 배후 쪽으로 오기 시작했다.

매화검문의 선택은 주효했다.

전면전이었다면 유리한 것은 운허 쪽이었다.

흉심백귀마저 쓰러뜨린 운허는 비록 부상 중이라지만 쉽게 검을 맞댈 이가 없었다. 그 하나만으로도 버거운데 섬서에서 내놓으라 하는 도객인 상만청과 방석이 양옆에 있다. 그래도 맞서 싸우는 것이 이상하다고 봐야 했다.

그러니 매화검문이 속가삼대문파를 자연히 감싸는 형국이 되었다. 설마 머릿수가 더 적음에도 과감하게 포위를 할 것이라 생각도 못한 운허로서는 어처구니가 없을 지경이었다.

"미친놈들이군."

그걸 본 상만청이 솔직한 감성을 늘어놓았다.

옆에 있는 운허 또한 동의했다.

"그러게요. 운진 사형은 성급한 판단을 하는 사람이 아닌데."

"너는 아직도 그놈을 사형으로 부르냐?"

"예, 그거 말고 따로 부를 명칭이 없는데요."

"멍청한 놈."

"약한 아저씨."

둘은 투덜거리며 주변을 살폈다.

매화검문은 전진해 오는 운허와 맞서 싸우려고 하지 않았다. 사실상 그의 앞에는 미처 피하지 못한 이들만이 남아 있을 뿐이었다.

그들은 운허가 다가오는 만큼 물러나고 있었다.

실제로도 운허 앞의 적이 제일 적었다.

반대로 다른 쪽으로 많은 적이 몰려 있는 형편이었다.

상만청도 지금 상황이 썩 마음에 들지 않는 것처럼 보였다.

"어떻게 할 것이냐. 이놈들은 너랑 싸울 마음이 없는 것 같은데."

그의 말에 운허는 잠시 고민했다.

운허의 목표는 운진이었다.

그러나 운진은 가능한 그와 대면하지 않으려고 할 것이었다. 이미 명을 단단히 내린 것인지 그의 앞에 있던 몇 되지 않던 석들도 옆으로 도망가듯이 움직이지 않는가.

"철서히 무시하네요."

운허는 묘한 기분을 감추지 못했다.

그가 부상을 입었으니 노골적으로 공격을 해올 것이라고는 생각했지만, 이렇게 기피할 것은 몰랐다.

"그러면 헤집어야죠. 원하는 결과가 나올 때까지."

"저 녀석들이 원하는 것은 두 가지일 게다. 너와 싸우지 않는 것. 그리고 네가 많이 움직이는 것."

"그렇죠. 전 환자니까요. 그러니까 분발 부탁드립니다."

"흥, 피라미 따위야."

"갑시다. 언제까지 꽁무니를 마는지 보자고요."

운허가 움직이기 시작했다. 그러자 그의 주변에서 도망갔던 적들이 슬그머니 다가오기 시작했다. 그는 그들의 면면을 자세히 살폈다. 아무리 보아도 매화검문에서 제일 떨어져 보이는 이들이었다.

운허의 발길을 잡을 제물이 분명하다.

"이런 식이면 귀찮아지겠구나."

상만청은 한쪽을 가리키며 말했다.

매화검문의 포위망이 점점 좁혀지기 시작했다.

그와 함께 속가삼대문파와의 전투가 더 살벌해져 가고만 있었다. 대체로 팽팽한 균형을 맞추고는 있지만 몇 군데가 불안해 보였다.

그래도 세 문파의 문주들은 이미 이야기를 끝냈는지 지휘 구역을 나누어서 지휘하기 시작했다.

매화검문에 포위당하면서 기존의 계획을 버린 재빠른 대처 덕분에 큰 피해 없이 막아내는 듯 보였다.

그러나 운허의 눈에는 그렇게 위태로워 보였다.

"흑사방 때와는 반대인데."

운허의 눈이 가늘어졌다.

속가삼대문파의 전력과 매화검문의 전력은 큰 차이가 없다.

사실 머릿수로 따지면 속가삼대문파가 낫지만, 고수의 질이 달랐다. 매화검문에는 근원파를 주축으로 한 옛 화산파 출신들이 있기 때문이다.

그러니 이틀간의 휴식이 있다고는 하지만 이때까지 제대로 쉬지도 못했던 속가삼대문파로서는 버거울 수밖에 없다. 그게 군데군데 보이기 시작했다.

저 작은 균열들로 언제든지 적이 파고들 수 있다.

그러면 속가삼대문파의 대열은 그대로 부서져 버리고 만다.

운허는 최대한 그걸 막아야 했다.

그는 먼저 서위가 지휘를 하고 있는 쪽으로 갔다. 그곳의 무인들이 눈에 띄게 무너지는 모습이 보였기 때문이었다.

"비켜. 그러지 않으면 죽을 거야."

운허는 먼저 앞에 선 적들에게 경고했다.

그러나 그들에게서 물러날 기색은 전혀 보이지 않았다. 아직 그들 태반은 운허가 얼마나 강한지를 모르고 있다. 이전에 매화비총을 나와 처음으로 매화검문에 들렀을 때 말고는 운허와 마주한 적이 없는 이들이기 때문이다.

그들은 오히려 상만청이나 방석 같은 이들을 힐끔거렸다.

운허에 비하면 오래전부터 이름을 날린 이들이었다. 그러면 운허로서도 부담이 덜하다. 끈덕지게 그를 잡아둘 것 같지 않아서였다.

"먼저 서위 문주 쪽으로."

운허의 말이 떨어지자마자 결사대가 앞의 적들에게 달려들었다. 열 명의 고수가 동시에 달려들자 스무 명의 적은 몇 합견디지 못하고 하나씩 쓰러졌다.

그들이 열어준 길을 통해 운허는 앞으로 걸어갔다.

"막아라! 화산파 장문인이다!"

그의 움직임을 알아차린 몇몇 이가 더 운허에게 달려들었다.

방금 전의 이들과는 기도가 확연히 다른 이들이었다.

그러자 이번에는 상만청과 방석이 뛰어들었다.

먼저 방석이 자신의 거대한 참마도를 크게 휘둘렀다. 앞에 있던 적 둘 중 하나의 허리가 잘려 나갔다. 다른 하나는 들고 있던 방패로 막았지만, 그대로 옆으로 밀려났다.

그 사이로 상만청이 야만십칠도를 펼쳤다.

그 나이에 맞지 않은 움직임에 막아서던 이의 머리가 하늘 위로 날아갔다.

둘의 움직임은 거칠지만 합이 맞았다.

상만청이 야만십칠도를 틈틈이 가르치면서 방석이 그의 움직임에 맞추어지기 시작한 것이다. 원래 두 사람의 무공 수준이 높을뿐더러 방석이 익힌 무공이나 기질 자체가 비슷했기에 두 사람의 연환공격에 세 명의 고수가 속수무책으로 더 죽어나갔다.

운허도 그 둘의 모습에 놀라움을 감추지 못했다.

둘이서 손발을 맞출 시간이 극히 적었음에도 이렇게 조화로

운 움직임을 보일 줄은 몰랐다.

다른 결사대의 이들이 그 두 사람을 돕기 시작했다. 자연히 운허를 신경 쓰는 적이 줄어들었다.

"버텨라! 더 버텨야 한다!"

그러나 그사이 서위 쪽이 크게 흔들리기 시작했다.

운허는 생각보다 빨리 허물어지는 서위 쪽을 유심히 보았다.

아까 전에는 없던 이들이 선두에서 진영을 붕괴시키고 있었다. 이상하게도 낯설지 않은 그들을 보는 운허의 두 눈이 가늘어졌다.

"낙화대?"

그들의 익숙한 면면에 운허는 매화검문의 낙화대를 떠올렸다.

매화검문은 화산파 출신의 이들로 만들어졌다.

낙화대는 매화검문에서도 바로 그 화산파 출신들로만 만들어진 곳이었다.

지금 이 자리에 보이지 않는 운학을 대주로 뭉친 그들은 매화검문의 주축 부대 중 하나였다. 그들이라면 서위가 감당하기 힘들 수밖에 없다.

그러니 운허는 더 이상 여유를 부릴 수 없었다.

그는 그곳으로 움직였다.

"장문인이 오신다. 힘내라!"

"화산파 장문인을 막아라!"

그가 접근하자 서위 쪽과 낙화대의 상반된 반응이 나왔다.

그러나 그를 막을 이는 없었다.

이미 결사대가 운허의 길을 트기 시작한 것이다.

운허는 운진이 없는 낙화대를 통솔하는 이를 찾았다. 특이하게도 두 자루의 검을 들고 있는 이였다.

그를 알아본 운허가 소리쳤다.

"이범! 운진 사형은 어디 있습니까!"

운허가 다가오는 것을 보고 있던 이범의 얼굴이 굳어졌다.

그러나 그는 답을 하지 않았다. 오히려 직접 속가삼대문파의 사이로 파고들어 무인들을 죽일 뿐이었다.

"화산파를 또다시 등질 생각입니까!"

운허의 외침에 쩌렁쩌렁하게 울렸다.

이범만이 아닌 낙화대 전체의 표정이 굳어졌다.

그들은 대부분 한 번 정도는 어렸을 적의 운허를 본 적이 있다. 그저 웃기만 하던 아이가 어느새 장성하여 화산파의 장문인이 되었다. 그리고 자신들은 화산파를 등진 채로 검을 겨누고 있다.

낙화대의 이들은 회의에 젖을 수밖에 없었다.

그러나 이미 그들이 선택한 전장, 돌아갈 수도 없었다.

"물러서십시오. 제발요."

그들의 비장함을 느낀 운허는 다급해졌다.

매화검문과 싸울 때 물러나지 않으리라 다짐했다.

그러나 한식구였던 이들에게 검을 겨누려는 것이 편하지 않

있다.

하지만 낙화대의 이들은 운허에게서 물러나지 않았다. 오히려 흔들리는 운허의 곁으로 하나씩 모여들기 시작했다.

"물러나라."

그때 이범이 주변을 물렸다.

운허 앞의 낙화대원들이 좌우로 갈라졌다.

그러자 운허와 이범의 주변이 자연스레 비워지는 형태가 되어버렸다,

"이범, 오랜만이에요. 그렇죠?"

"예, 오랜만입니다. 운허 도사님. 강녕하셨습니까."

"당신은 어떤가요. 잘 지냈어요?"

"힘들게 지냈습니다. 부상은 어떠십니까."

"조사님들이 살펴주셔서인지 크게 다치지는 않았어요."

"아쉽군요."

"…그런가요."

운허는 쓴웃음을 감추지 못했다.

몇 마디 대화를 나누고 있는 지금에서도 이범은 운허에게 보내는 적의를 감추지 않고 있었다.

"운신 사형과 운학 사형은 어디 있나요?"

"일러드릴 수 없습니다."

"정말 저와 싸울 건가요?"

"제가 도사님께만 칼을 들이대는 것 같습니까?"

"그게 무슨……."

"이제 도사님이 마지막이 될 것 같습니다."

"이범, 없는 말을 지어낸 것이라 믿을게요. 물러나세요."

운허는 창백해진 얼굴로 고개를 내저었다.

지금도 다른 낙화대로 인하여 속가문파의 대열 한쪽이 무너지고 있다.

이럴 때가 아니었다.

이범이 물러나지 않는다면 과감히 검을 휘둘러야 했다.

"그럴 수 없습니다. 운허 도사."

"이범, 낙화대 전부를 제 손으로 죽이게 할 건가요?"

"틀렸습니다. 죽는 것은 당신일 겁니다."

"난 경고했습니다."

운허가 표풍검법의 기수식을 취했다.

"화산파를 사칭하는 무뢰배의 말 따위, 내가 들을 것 같더냐!"

그러자 먼저 덤벼드는 것은 이범이었다.

그의 두 자루의 검이 운허의 목과 심장을 향해 순차적으로 찔러 들어왔다. 그 자리에서 허리를 틀어 피하려던 운허는 옆구리의 상처를 기억하고는 그대로 자신의 검으로 이범의 두 자루의 검을 후려쳤다.

번개가 내려치는 것 같은 소리가 났다.

그 일합에 이범은 뒤로 물러났다.

운허의 내력이 얼마나 강하던지 부딪히자마자 손아귀가 찢어져 버리고 말았다. 오히려 검을 놓치지 않은 것이 다행이라고 봐야만 했다.

"공격하라!"

이범이 다시 달려들며 소리쳤다.

운허를 향해 낙화대의 이들이 달려들었다.

그들의 검이 닿기도 전에, 운허의 검이 휘둘러졌다. 그때마다 검을 쥔 이들이 비명을 지르며 검을 놓치고 말았다. 운허의 검이 그들의 어깨나 팔을 찔러 들어왔기 때문이다.

처음에 표풍검법의 기수식을 취한 것과는 달리 운허는 빈틈을 찾아 간단하게 검을 휘두를 뿐이었다.

그러나 그 간단함에 낙화대는 쩔쩔맸다. 심지어 운허가 다른 한 손으로도 검을 들고 싸우자 오히려 낙화대에서 한 명씩 고꾸라지기 시작했다.

서로 간의 무위는 차이가 난다.

그러나 그걸 떠나서 낙화대는 너무나 쉽게 쓰러졌다.

그 이유는 간단했다.

낙화대가 펼치는 검법의 기반은 모두 화산파에서 나왔다.

운허는 화산파의 모든 무공을 알고 있었기에, 낙화대의 팔 움직임만 보아도 어떤 무공을 쓸지 알아낼 수 있었다. 그러니 그에 맞게 공격을 하기만 하면 되었다.

'흑영이 이런 기분이었겠지.'

허망한 표정으로 쓰러지는 낙화대를 보며 운허는 마치 자신이 흑영이 된 것 같은 기분이 들었다. 상대의 움직임이 훤히 보이니 눈을 감고도 싸울 수 있을 것 같다는 생각마저 들었다.

운허가 안타까운 점은 몸의 부상 때문에 전력으로 싸울 수 없다는 점이었다. 그래서 낙화대를 쓰러뜨리는 것에 생각보다 많은 시간이 소요되었다.

그러던 차에 상만청을 비롯한 결사대가 끼어들었다.

"다 쓸어버려!"

어느새 온몸에 피를 뒤집어쓰고 고함을 치는 상만청은 흉신악귀처럼 보였다. 그의 일도에는 처음보다는 힘이 덜 실렸지만, 그 기세는 오히려 더 사납기 그지없었다.

그들이 나타난 덕분에 운허는 다시 이범과 일대일로 맞설 수 있었다.

"이범, 항복해요."

"불가하오."

이범은 그 말과 함께 쌍검을 휘둘렀다.

화산파에서도 몇 없는 쌍검법인 연종쌍검(煙從雙劍)이었다.

그걸 본 운허 또한 발밑에 떨어진 검 하나를 더 쥐어 똑같은 연종쌍검을 펼치기 시작했다.

갑자기 운허가 쌍검을 쥐자 이범은 흠칫했다.

하지만 그는 오히려 운허가 쌍검을 쥔 것을 승기로 보았다. 적어도 쌍검에 대해서는 누구에도 부족하지 않을 조예를 가지고 있었기 때문이다.

그러나 곧 그의 그런 자신은 깨어지기 시작했다.

운허는 그와 똑같은 연종쌍검을 펼쳤다.

처음에는 그보다 한 박자씩 느리던 것이 어느새 똑같아지더니, 이내 점점 더 빨라지기 시작했다.

이범은 믿을 수 없었다.

그러나 눈앞에 있는 것은 현실이었다.

운허의 연종쌍검은 그의 것과는 비교할 수 없을 정도로 숙련되어 있었다.

"커허억!"

운허의 일검이 허벅지를 훑고 옆구리를 베었다.

이범은 버티지 못하고 무너졌다. 교차된 두 자루의 검이 그의 목을 옥죄고 있었다.

"항복해요. 낙화대 전원이 죽기 전에."

운허는 다시 항복을 말했다.

그에 이범은 망설이다가 손에 쥔 검을 내려놓았다.

그걸 본 운허는 마음을 놓았다.

바로 그 순간, 이범은 운허의 검날을 양손으로 움켜쥐고는 그대로 검에 목을 들이대었다. 두 자루의 검날이 목에 파고들어갔다.

"이, 이범!"

운허는 황급히 검을 빼내었다.

그러나 당겨진 검이 더 목으로 파고들며 이범의 목에서는 폭포처럼 핏물이 터져 나왔다.

"이미 늦었으니 항복… 은 없다."

그 말을 힘겹게 내뱉으며 이범은 앞으로 쓰러졌다.

"부대주를 따르라!"

"목숨을 바쳐라!"

낙화대는 그걸 보며 목소리를 높였다.

"크허억!"

갑자기 달라진 그들의 기세에 결사대의 한 사람이 비명을 질렀다.

낙화대의 검에 가슴이 갈라진 것이었다.

"이놈들이!"

지켜보던 방석 또한 세차게 도를 휘둘렀다.

이미 그의 몸에는 잔 상처가 몇 개나 나 있었다.

"우와아아아아!"

그때 반대편에서 큰 함성 소리가 들렸다.

"철주문의 원용 문주를 죽였다!"

뒤이어 들린 목소리에 운허의 얼굴이 굳어졌다.

운진의 목소리였다.

그리고는 누군가가 창대에 원용의 잘려 나간 머리를 꽂아 들어 올렸다.

철주문의 무인들이 크게 흔들렸다.

그들만이 아니다.

속가삼대문파 전체가 흔들리기 시작했다. 그리고 그들은 점점 무력감을 느꼈다. 계속된 전쟁과 이어진 행군에 누적된 피로가 드러나기 시작한 것이다.

"운진 사혀엉!"

그걸 본 운허가 참지 못하고 일갈을 터뜨렸다.

안이했다.

낙화대에 신경이 팔려 다른 곳을 전혀 보지 못하고 말았다. 원용의 죽음은 너무나 컸다. 철주문의 고수들은 멍하니 창대에 꽂혀진 원용의 머리만을 볼 뿐이었다.

그들만이 아니었다.

함께 싸우는 본원문이나 적엽문의 사기도 크게 떨어지기 시작했다.

"승기는 우리 것이다. 죽여라!"

운진의 목소리는 연이어 들렸다.

이미 무너지는 속가삼대문파의 이들을 보며 승기를 잡았다고 여긴 것이었다.

매화검문의 전체의 사기가 크게 올랐다. 실질적으로 적들을 이끄는 것은 삼대문파의 문주들이다. 그중 하나를 죽인 것은 엄청난 성과라고도 할 수 있었다.

그러나 상대에게 운허가 있다.

"다 비키지 못해!"

운허는 부상 따위는 잊고 앞으로 달려나갔다. 그의 발복을 잡으려던 낙화대의 무인 셋이 운허의 단 일검에 두 동강이 나버렸다.

"자하신공이다!"

그의 봄에 일어난 변화를 보며 매화검문은 경악했다.

그들로서는 운허가 극성으로 일으키는 자하신공은 처음 보는 것이었다. 자색의 기운 정도가 아니라 휘광이 뿜어지는 운허의 모습은 신장(神將)과도 같아 보였다.

그 보무는 땅을 울렸으며 운진을 향해 일갈하는 호통은 하늘을 흔들었다.

앞을 막아서던 이들은 종잇조각처럼 잘려 나갔다.

그야말로 추풍낙엽이었다.

운허는 고작 몇 걸음 만에 온몸을 피로 뒤집어썼다. 그걸 보며 공포를 느끼지 못할 리가 없다. 이미 대열이 무너져 서로 뒤엉켜 가던 매화검문이나 속가삼대문파의 무인들이 점점 그에게서 물러나기 시작했다.

"자하신공……."

극성의 자하신공을 본 운진 또한 얼굴이 딱딱하게 굳었다.

그는 자신의 손바닥을 보았다.

운허의 기세에 어느새 땀이 흥건하게 젖어 있었다.

"물러나지 마라."

"운진 사형!"

그리고 운허는 그런 매화검문을 독려하며 지휘하는 운진을 다시 한 번 불렀다.

그가 다가오자 매화검문의 고수들은 운진의 앞을 가로막았다.

그들은 기이하게도 낯이 익은 이들이었다.

운허는 그들이 화산파 출신이라는 것을 깨달았다.

낙화대 말고는 보이지 않던 그들이 운허가 운진에게 다가가는 순간 나타난 이유는 단 하나였다. 그들의 정체를 알아차린 운허가 제대로 싸우지 못하게 하기 위함이었다.

운허가 그 의도를 모를 리가 없었다.

실제로 그가 알고 있는 얼굴들을 죽이기는 힘든 일이었다.

그러나 그들을 향해 운허의 검이 휘둘러졌다.

어느 정도 운허를 알고 있기에 마음이 놓였던 이들은 황급히 그의 공격을 막아냈다.

운허의 일검은 폭풍과도 같았다.

몇 명이서 막아냈지만, 그들은 뒤로 나뒹굴었다.

손에 쥐고 있던 검들도 두 동강 나버렸다.

뒤이어 운허의 검이 무참히 휘둘러졌다.

운허를 막기 위해 운진의 주변에 모여 있던 이들로서는 그야말로 죽을 맛이었다.

그들이 아는 운허는 어린 도사였다.

그리고 어느 날 홀연히 사라져 버렸다.

멸문화산으로 그 존재를 잊으면서 살아갈 뿐이었다.

그가 난데없이 다시 나타났을 때 그들은 쉽사리 믿을 수 없었다. 운허가 살아 있다는 것과 홀로 매화검문을 휘서을 정도로 강해졌다는 것 모두 상상도 할 수 없었다.

그러나 직접 마주히니 실감할 수 있었다.

이때까지 들린 소문이 잘못되었다.

그리고 마음속으로 생각했던 운허도 잘못되었다.

그들의 생각보다도 운허는 더 강했다.

흉심백귀와 싸워 부상을 입었다고 들었건만, 그의 검에는 그런 기색을 찾아볼 수 없었다. 무인이라고 보기에 덩치가 큰 편은 아니지만 자하신공으로 뿜어지는 무시무시한 내력이 검의 무게를 달리 만들고 있었다.

막을 수 없다.

버텨내는 것조차 버겁다.

"커허억!"

운허의 검을 막던 이가 비명을 지르며 물러났다. 어깨가 탈골되며 내상을 입고야 말았다.

겨우 몇 번 검을 휘둘렀건만, 지금처럼 한 명씩은 쓰러진다.

그런데 운허의 움직임에 또다시 변화가 생겼다.

아까까지 마구잡이로 휘두른다는 느낌이 들었던 그의 검이 갑자기 여러 가지 검법의 초식들을 펼쳐내기 시작한 것이었다. 서로 다른 초식들이 연계가 되어 펼쳐지며 그 사이사이로 평소 쓰던 성파장이나 죽엽수 같은 것들이 섞여졌다.

그러자 운허의 앞에서 쓰러지는 이의 수는 점점 더 늘어갔다. 수의 이점을 가지고 억누를 수 있는 정도를 이미 넘어버리고 말았다.

전황의 분위기도 조금씩 이상하게 바뀌어갔다.

철주문의 원용을 죽이고 속가삼대문파의 대형은 무너져 갔다.

그리고 매화검문은 포위를 좁히며 그들의 사이사이로 들어가고 있었다.

그런데 운허 한 사람에 의해 바뀌고 있다.

지금 그의 손에 상당수의 고수가 쓰러져 나가고 있었다.

이러면 곤란한 것은 매화검문이다.

누가 뭐라고 해도 머릿수가 부족한 것은 그들이었다.

운허를 막으려던 고수들은 낙화대와 지금 앞에 서 있는 이들까지 이미 근 마흔이 죽어나간 형국이었다.

이미 운허와 운진의 거리는 점점 좁혀지고 있다.

그러나 운진은 뒤로 물러나지 않았다.

그는 매화검문의 문주였다.

그가 운허를 코앞에 두고 물러나는 것은 매화검문이 물러나는 것이었다.

"사형, 누가 무뢰배라는 겁니까!"

운허는 운진을 보며 소리쳤다.

이미 그의 앞에 제대로 서 있는 이는 열 명 정도밖에 되지 않았다.

"네놈은 화산파의 도사였었다. 하지만 지금은 아니었을 터인데?"

운진은 운허가 매영이 되었음을 언급했다.

매영은 화산에서 잊히는 존재.

그들을 화산파에서는 도사라고 생각하지 않았다.

그가 그걸 이야기할 줄은 몰랐던 운허는 순간 당황했다. 그리고 그만 눈먼 검에 오른쪽 팔이 스치고 말았다. 화끈한 고통이 느껴지자 운허는 정신을 차렸다.

그와 마주한 상대들도 고수다.

잠깐이라고 하지만 운허가 흔들리는 것을 놓칠 수준은 아니
었다. 순간의 방심으로 운허를 향해 수많은 검이 쏟아져 나왔
다.

그러나 그 또한 화산파의 무공들이었다.

운허는 당황하지 않고 그들의 허점을 파헤치며 하나씩 무너
뜨렸다.

그리고 그 틈으로 운진이 파고들었다.

기습이나 마찬가지였지만 누구도 그걸 비난할 수 없었다.

이미 전장이나 다름없는 상황이다.

살아남는 것이 강자이고, 죽는 것이 약자일 뿐이었다.

운진의 검은 빠르고 거침이 없었다.

그들을 향해 운허의 검이 무참히 휘둘러졌다.

[사형, 솔직히 말하십시오. 암화입니까? 그들의 짓입니까?]

그러면서 운허는 운진에게로 전음을 보냈다.

그의 갑작스런 전음에 운진은 인상을 찡그렸다. 정곡을 찌
르는 그 전음에 아무런 답을 할 생각이 없었다.

[무림맹주, 그가 암화와 관련되어 있습니다. 아십니까?]

연거푸 운허의 전음이 머릿속을 채웠다.

운진은 머리를 내저었다. 그 음성을 듣는 것만으로도 마음
이 흔들렸다.

[왜 답을 못하는 겁니까!]

다시금 머리가 울려왔다.

운진은 대답을 하는 대신에 검을 들어 올렸다.

그러는 사이 운허의 앞에 선 이가 모두 자리에 쓰러졌다.

둘은 서로를 노려보았다.

주변에서 벌어지고 있는 혼전도 두 사람에게는 이제 크게 영향을 주지 못하고 있었다.

운진은 매화검법의 기수식을 취했다.

그에게서 느껴지는 살기에 운허의 얼굴은 슬퍼졌다.

"사형, 진심입니까?"

"진심이다."

"또 후회하실 겁니까?"

"이전에 너를 죽이지 않은 것이 원통하구나."

"……."

운허는 더 이상 이야기가 이어지지 않음을 느꼈다. 그랬기에 그도 검을 들어 올릴 수밖에 없었다.

그가 활약을 함으로써 바뀌었던 전황의 분위기도 점점 원래대로 돌아가려고 하고 있었다. 속가삼대문파의 무인들은 너무 지쳐 있었다.

먼저 출수를 한 것은 운진이었다.

그의 몸에서 자색의 아지랑이가 피어올랐다.

운허와 같은 자하신공이지만, 그 성취가 확연히 달랐다. 그도 그럴 것이 자하신공은 장문인이 되고 나서야 배우는 무공이었다.

매화검분의 문주 자리를 이어받은 다음에 자하신공을 배운 운진과 매영이 되는 순간부터 자하신공을 배운 둘은 차이가 날 수밖에 없었다.

그러나 자하신공은 자하신공이었다.

앞선 이들과 달리 두 사람의 검이 허공에 부딪혔다.

자색의 아지랑이가 흩어지며, 그 사이로 운허의 검이 파고들었다. 운진은 오른쪽으로 돌아 피하고는 운허의 다리를 걷어차려고 했다.

그러자 운허는 공중으로 뛰어올라 오히려 운진의 머리를 발뒤꿈치로 찍어버리려고 했다.

운진은 뒤로 피하며 땅에 떨어지는 운허의 다리를 찔러 들어갔다.

하지만 운허의 검끝이 그의 검신을 그대로 찍어 눌렀다. 뒤늦게 검을 잡아당기려고 했지만, 검은 오히려 땅으로 점점 파고들었다. 운허의 검끝이 검신을 찍어버리자 점점 검신에 깊은 흠집이 나기 시작한 것이다.

운진은 과감히 검을 놓았다.

그리고는 자신있는 복호권으로 운허의 어깨를 노렸다.

갑자기 그가 검을 버릴 줄 몰랐던 운허는 위태롭게 일권을 피했다.

그러나 이어진 공격이 그의 왼쪽 어깨를 후려쳤다.

"윽……."

운허의 얼굴이 일그러졌다.

왼쪽 어깨는 하필이면 흑비로부터 입은 상처가 있던 곳이었다. 운진의 묵직한 공격에 충격으로 상처가 터졌는지 그의 옷에서 핏물이 번져 나오고 있었다.

그사이 운진은 땅에 떨어진 검을 들고 그대로 덤벼들었다.

그때 운허는 매화검법으로 그와 맞서 싸웠다.

똑같은 매화검법으로 세 합이 부딪치고 네 번째가 되어가려고 할 때, 운허는 운진의 초식을 예상했다. 그는 곧바로 대청검법으로 대응을 했다. 순간적인 변화에 운진이 당황한 순간, 운허의 검은 다시 소청검법에서 표풍검법으로 바뀌었다.

운진은 그 변화를 따라갈 수 없었다.

짧은 순간이지만 운허가 연환하는 검법이 모두 높은 수준의 성취를 이루었기 때문이다.

"큭!"

결국 운허의 검이 그의 손등을 후려쳤다.

일순간의 충격에 버티지 못한 검을 놓칠 뻔한 운진은 두 손으로 검을 움켜쥐었다. 그러나 운허가 제자리에 주저앉으면서 한 발차기가 그의 오금을 걸어챘다.

운진은 버티지 못하고 뒤로 넘어갔다. 황급히 일어나려고 했지만 운허의 검이 그의 목에 닿아 있었다.

죽이는 것이 아니라 제압을 해야 했기에 다소 시간이 길렸다.

"매화검문의 문주를 잡았다. 모두 항복하라!"

그러자마자 운허가 목소리를 높였다.

그의 외침에 전장이 조금씩 멈추어지기 시작했다.

다들 운허의 발아래 상체도 일으키지 못하는 운진을 본 것이다.

"전 매화검문을 본 파의 속가로 둘 것입니다."

"…뭐?"

갑작스런 그 말에 운진의 얼굴이 굳어졌다.

매화검문이 화산파의 속가로 들어간다는 것은 단 한 번도 생각하지 못했다.

"암화, 복수합시다. 할 수 있습니다. 사형."

운허의 말은 달콤했다.

그 가슴 설레는 말에 잠깐 흔들렸던 운진은 스스로를 비웃었다.

"너는 왜 이 자리에 운학이 없는 것 같더냐."

"어딘가에 숨어서 저를 암살이라도 하려는 겁니까?"

운허의 물음에 운진은 고개를 저었다.

그리고는 오히려 고개를 돌려 땅에 귀를 가져다 대었다.

"이번에는 내가 이겼구나."

운진의 목소리에 아까 전과는 다른 자신감이 서려 있었다.

"그게 무슨 소리입니까."

"그가 온다."

"운학 사형과 합공을 하여도 저를 이기지 못합니다."

운허는 운진의 턱밑으로 조금 더 가까이 검을 들이밀며 이어 말했다.

"이제 끝입니다. 사형이 저에게 지셨으니 말이다."

"져? 누가 말이냐."

"항복하지 않을 겁니까?"

"너야말로 이대로 물러나거라."

운진의 그 당당한 태도에 운허는 의아했다.

이미 검마저 놓친 그가 왜 아무렇지도 않은 태도를 취하는 것일까.

"자, 장문인! 큰일입니다."

뒤에 있던 결사대 한 명의 다급한 목소리가 들렸다.

운허는 고개를 돌리지 않고 물었다.

"왜 그러지?"

"저, 적입니다. 적이 옵니다."

"그게 무슨 소리야?"

운허는 그 헛소리에 어처구니가 없었다.

그의 시선은 여전히 운진에게 고정되어 있었다.

"그의 말대로다. 운허야, 난 아직 지지 않았구나. 으하하하!"

돌연 운진이 미친 듯이 웃기 시작했다.

운허도 무언가 잘못되었다는 것을 느꼈다. 그리고 다리에 작은 신농이 느껴지자 다급히 주변을 살폈다. 그들이 왔던 곳에서 먼지구름이 피어오르고 있었다.

그걸 보며 운허는 심장이 철렁이는 것을 느꼈다.

"지원군이다. 너희는 인소평 내주가 실패하고 남은 병력을 전부 죽였어야 했다."

"설마……."

"너희를 공격하다 도주한 이가 한둘이 아니지. 모두 모아 오
느라 제법 시간이 걸렸다. 어중이떠중이지만 모두 지친 상황
에서 저들까지 더해지면 너희가 버틸 것 같더냐? 네가 다 감당
할 수 있을 것 같더냐."

운진의 말에 운허는 심장이 덜컹 내려앉는 것 같았다.

이길 수 없다.

"물러나. 퇴각이다."

운허는 이를 악물고 말했다.

"매화검문은 쫓지 않는다. 전열을 가다듬어라!"

도망가는 운허와 속가삼대문파를 보며 운진은 명을 내렸다.

第七章
골육상쟁

"사형, 괜찮으십니까?"

지원군을 이끌고 온 운학은 운진의 상세를 확인하려고 했다. 막 자리에서 일어난 운진은 옷에 묻은 먼지를 털었다. 그리고는 자신의 검을 운학에게 보였다.

"네가 제때에 와주었다. 조금만 늦게 왔어도 내 목이 달아날 뻔했어."

"검이 왜 이렇니까?"

운진의 검날은 여기저기 이가 나가 있었다. 심지어 검신에는 도대체 무엇으로 찍었는지 깊은 흠집이 나 있었다.

"운허가 했다."

"이 정도나 차이가 납니까?"

“그 녀석이 사정을 봐준 것이지.”

“맙소사…….”

운학의 얼굴도 굳어졌다. 그것도 잠시, 그는 뒤를 흘깃거리며 말했다.

“사형, 그보다 좋지 않은 일이 벌어졌습니다.”

“무슨 일이지?”

“사부님께서 합류했습니다.”

“…뭐?”

운진의 얼굴이 일그러졌다. 그리고 그는 운진의 멱살을 움켜쥐며 물었다.

“네놈, 도대체 무슨 짓을 한 거야!”

명종에게 보일 수 없는 것이 있다.

운허를 죽이기 위해 어떠한 짓이라도 하는 자신의 모습이었다.

그런데 명종이 지원군과 함께 왔다니.

그는 모든 이성이 송두리째 날아가는 것만 같았다.

“사부님께 직접 말을 들으시지요. 그분의 귀에 화산파를 친다는 말이 들어갈 때부터 각오한 것 아닙니까?

운학의 가시 돋친 말에 운진의 손에 힘이 풀렸다.

지원군의 틈 사이로 명종이 오고 있다.

얼마 전에 보았을 때처럼 힘이 없어 보였지만, 적어도 그때처럼 공황상태에 있지는 않은 듯 보였다.

“사부님, 왜 오셨습니까.”

운진은 명종의 눈을 보면서 말을 할 수 없었다.

그러나 그건 명종도 같았다.

"내가 거둬야 한다."

"사부님?"

"내가 한 일이다. 그러니 내가 거두어야 하지 않겠느냐."

"하지만 사부님……."

"그만하거라. 날 정말로 뒷방 늙은이로 생각하는 것이냐?"

운진의 말을 자르는 명종의 기세는 전과 달리 날카롭다. 은근하게 노기마저 섞인 그의 표정에 운진은 어쩔 수 없이 한발 물러났다.

"무리하지만 마십시오."

명종은 성의 없이 고개만 끄덕였다.

속가삼대문파는 정신없이 도주했다.

적들의 지원군이 온 이상 승산이 없었기 때문이다.

상처 입고 지친 상태에서 도망을 치느라 낙오자도 몇 명이고 발생했다. 안전한 곳에 도착하자미지 누가 먼저라고 할 것도 없이 쓰러지듯이 잠들었다.

그러나 감히 잠들 수 없는 이들도 있었다.

이번 패전으로 그 숫자가 줄어든 속가삼대문파 중에서도 가장 큰 피해를 입은 철주문이었다. 그들은 코앞에서 문주인 원용의 죽음을 두 눈을 뜨고 지켜봐 버렸다. 그런데 그 시신조차 수습하지 못했으니 제대로 잠을 자기도 힘들었다.

그랬기에 그들은 속가삼대문파의 가장 외곽에 떨어져 있었다.

빛을 잃은 눈동자는 시체와 달라 보이지 않았다.

운허는 그들을 멍하니 보고 있었다.

"사형."

그런 그의 곁으로 장승이 다가왔다.

처음으로 겪는 전쟁이었기에 그의 모습은 무척이 수척해 보였다.

"피곤해 보이는데 왜 온 거야. 좀 잠이라도 자지."

"아직 잠이 오지 않습니다."

장승은 쓴웃음을 지었다.

그로서는 눈앞에서 그토록 많은 사람이 죽어가는 것을 본 적이 없었다.

전쟁은 그야말로 광기밖에 없었다.

살기 위해 죽인다.

그 지독한 광기가 가득 찬 곳에서 숨을 쉬는 것조차 괴로울 정도였다.

운허는 그의 표정이 어두운 것을 보고 얼른 다른 걸 물었다.

"다른 애들은 자?"

"예. 다들 자는 것을 확인하고 나왔습니다."

"그래. 그나마 다행이네."

운허의 곁으로 장승이 앉았다.

"사형, 감사합니다."

“응? 뭐가?”

“지금까지 이렇게 힘들게 싸우셔서 너무나 감사할 따름입니다. 그럼에도 힘든 내색 한 번 하지 않으신 것도 너무 감사합니다. 그리고 죄송합니다. 너무 홀로 싸우게 하여서 말입니다.”

다소 느닷없는 말에 운허는 쑥스러움과 미안함을 감추지 못했다.

그는 이번 싸움에서 가장 마음에 걸리는 것을 털어놓았다.

장승과 표주한 등 화산파에서는 싸울 수 없는 사람이 너무 많았다.

“미안. 싸울 수 없는 사람들은 진작에 대피시켰어야 했는데.”

“만약 그랬다면 운진 대협이 이끌고 온 적의 원군에 잡혔을 수도 있었습니다.”

“…그랬겠네.”

그렇게 생각하니 차라리 다행이었다.

잘못해서 다시 매화검문의 포로가 되었다면 끔찍한 일이었다.

“다친 사람은 없고?”

“다들 크게 다치지 않았습니다. 다만, 표주한 장로가 워낙 연로하신지라…….”

“아, 그러고 보니 표주한 장로한테 물어볼 것이 있었는데.”

흑영과 흑비가 비록원 출신인지 확인해야 한다.

그런데 그 중요한 것이 왜 이제 생각이 난 것이란 말인가.

"멍청한 놈."

운허는 자신의 머리를 쥐어뜯었다.

갑작스런 그의 행동에 옆에 있던 장승이 놀랐다.

"왜 그러십니까. 무슨 문제가 있습니까?"

"아니야. 표주한 장로가 깨어나면 내가 찾는다고 전해줘."

"알겠습니다. 그보다 철주문 쪽을 왜 그렇게 바라보시는 겁니까. 그들이 신경 쓰이십니까?"

"내가 제대로 신경을 썼다면, 원용이 그렇게 죽지는 않았을 거야."

"사형, 그런 식으로 치자면 한도 끝도 없습니다. 이 전쟁은 목숨을 걸고 하는 거잖습니까. 모든 사람의 죽음을 사형 하나만의 책임으로 생각하지 마십시오. 저들과 사형은 함께 싸우는 것이지 누가 대신해서 싸우는 것은 아니잖습니까."

"그러게. 내가 너무 앞서 갔나."

장승의 질책에 운허도 수긍했다.

이번 패배로 인하여 그는 지나치게 기가 죽어 있었다.

사실 그를 포함하여 속가삼대문파의 모든 이는 무난하게 자신들이 이기리라고 믿었다. 그건 운허가 다른 고수들을 압도하는 동안에 자신들이 매화검문을 상대로 버텨낼 수 있다고 여겼기 때문이다.

그런데 오히려 적의 움직임에 너무 빠르게 무너져 버렸다.

물론 운허야 수많은 고수를 쓰러뜨리고 운진마저도 사로잡

기까지 이르렀지만, 결국 적의 증원으로 물러나야 했기에 기
가 죽은 것도 이상하지 않았다.

"사실 이번 싸움이 쉽게 끝날 거라고 믿었어. 내가 너무 자
만했나 봐."

"자만이 맞습니다. 그리고 사형은 그럴 위치까지 갔으니 그
런 것입니다. 그러나 상대가 사형을 잘 아는 사람들임을 잊으
셨습니다."

"응, 맞아. 잊고 있었어. 내가 화산파 출신의 사람들을 보면
사정을 봐준다는 걸 나도 잊고 있었어."

그러나 결국 화산파 출신의 무인들을 쓰러뜨렸다.

무의식적으로 그들을 죽이지 않으려고도 했음에도 그의 손
에 죽은 이의 수도 적지 않았다. 그걸 떠올리니 마음이 편할
리가 없었다.

"일단 오늘 하루는 푹 쉬어야 할 것 같습니다. 적들도 당장
은 오지 않을 겁니다."

"그러기를 빌어야지."

"그러면 표주한 장로가 일어나는 대로 데리고 오겠습니다."

"응. 그전에 사제도 좀 자둬."

"알겠습니다, 사형."

장승이 사라지고 운허도 일어났다.

홀로 나무 위에 오른 그는 그대로 눈을 감았다.

오늘 있었던 일을 다시 한 번 생각하며 그는 연신 한숨을 쉬
었다.

도저히 오늘 일이 머릿속에서 사라지지 않았다.

이래서는 잠은커녕 답답해 미칠 지경이었다.

그는 답답한 마음에 이러지러 몸을 뒤척였다. 나뭇가지 위였기에 금방 떨어질 것처럼 위태로워 보였다.

“잠은 다 잤다.”

그는 한숨을 쉬며 나무의 맨 위로 올랐다.

어둠은 짙어 달만이 희미하게 모습을 드러낼 뿐이었다. 두 눈을 뜬 채로 운허는 멍하니 하늘만 바라보았다.

이른 새벽, 운허는 여전히 하늘만 보고 있었다.

그의 밑으로 누군가의 기척이 느껴졌다.

그 익숙한 기척에 운허는 나무 위에서 내려왔다.

갑자기 그가 머리 위에서 나타나자 표주한 장로는 화들짝 놀랐다.

“어이쿠, 역시 아직도 주무시지 않으신 겁니까?”

“장로님은 주무신 것이 맞나요? 피곤해 보이는데.”

“아닙니다. 그보다 저에게 이야기를 들으실 것이 있다고 들었습니다만.”

“예. 당신은 암화에 대하여 알고 있습니다. 그렇죠?”

“갑자기 그 이야기를 꺼내시는 연유가…….”

“흑비, 그리고 흑영. 비록원의 사람이 맞습니다. 그렇죠?”

“도대체 그 이야기를 어디에서…….”

표주한의 주름진 얼굴이 굳어졌다. 그는 제자리에 서기도 힘든지 비틀거리며 주변의 나무에 등을 기대더니 그대로 주저 앉아 버렸다.

그를 보면서도 운허는 덤덤하게 이야기를 할 수밖에 없었 다.

표주한을 보면 어떻게 된 일인지 멱살이라도 잡고 따지며 묻고 싶었던 마음도 이제는 사그라졌다. 눈앞에서 너무나 약 하게 무너져 내리는 그를 보며 그런 마음을 머금은 것이 미안 해질 정도였다.

"흑비가 처음 만날 때 그러더군요. 당신과 백광이를 거둔 것 을 두고 자신의 일족을 죽이게 만들었으니 가만히 두지 않을 것이라고."

"⋯⋯."

"그런데 그가 화산연합의 배신 때 나타났습니다. 결국 서로 싸우다 그는 죽었습니다만, 그는 자신의 아버지가 당신이라고 말하더군요."

"흑비… 그 아이의 이름이 아닙니다."

"암화에서 붙여준 이름이겠지요. 들려줄 수 있을까요? 그 이야기."

운허의 물음에 표주한은 한숨과 함께 이전의 이야기를 꺼냈 다.

비록원을 담당하는 표가는 원래 화산에서 표가촌이라는 작 은 마을에 있었다. 화산의 산세가 험하여 마을이라는 표현조 차 어색할 정도로 몇 가구 되지도 않았는데, 화산파가 세워지고 그들의 일을 도와줌과 동시에 화산의 깊숙한 곳으로 터를 옮기게 되었다.

그러나 거기서 문제가 생겼다.

암화주가 나타난 것이다.

그는 매번 한 명씩 표가촌의 사람들을 데려갔다.

비록원에서는 몇 번이나 화산에 그걸 알렸지만, 누구도 그 곳으로 오지 않았다. 그래서 비록원은 좌절했다. 화산은 이곳을 버린 것이 분명하다.

비록원을 구성하는 표가의 이들은 그렇게 떠났다.

하지만 그러면서도 떠나지 않은 사람이 있었다. 그들은 근 근하게나마 명맥을 이어나가고 있었다. 그리고 그들이 떠나지 않았기에 암화에 끌려가는 사람들은 존재할 수밖에 없었다.

"암화, 유명무실한 조직입니다. 애초에 암화가 비록원의 사람을 끌고 가는 것도 사실 몇십 년에 한 명이지요. 가장 최근에 끌려간 것은 제 막내아들입니다. 그리고 그 녀석을 지키려다가 성이의 아버지인 큰 녀석이 죽었지요."

"그런……."

"그리고 그전에 암화주에게 끌려간 것은 제 형입니다."

"……."

어느 정도 예상은 했던 이야기다.

그러나 그걸 직접 듣는 운허로서는 숨이 턱턱 막혀왔다.

"말씀드리지 못해 죄송합니다. 어떤 벌이라도 받겠습니다."

표주한은 두 무릎을 꿇고 고개를 조아렸다.

그러나 운허는 그를 일으켰다.

“전 장로님도 가족이라 생각합니다. 그리고 전 제 가족을 해치지 못해요. 지금처럼 그냥 성이 옆에 계속 있어주세요. 그 아이가 이 사실을 알면 힘들어할 테니까요.”

“장문인…….”

“들어가 쉬세요. 장로께서 힘들어하시면 그 아이도 힘들어하니까. 그리고 죄송해요. 제 손으로 아드님을 죽이고 말았어요.”

운허는 문득 자신의 손을 보았다.

웃긴 일이다.

표주한과 표성을 가족처럼 생각하며 받아들였다.

그러나 그들의 진짜 가족을 죽이고 말았다. 그리고 흑영 또한 그들의 원래 가족이다. 진짜가 있어야 할 곳을 가짜가 빼앗는 것과 뭐가 다를까.

“고민하지 말고 마음이 가는 대로 하셔야 합니다.”

쓴웃음을 짓는 운허의 손을 표주한은 감싸 쥐었다. 그의 동요가 손에 그대로 느껴지고 있다. 그에 운허는 가만히 고개를 끄덕였다.

“장문인! 혹시 거기 계십니까?”

그때 적엽문의 무인이 그와 표주한에게 다가왔다.

표주한이 손을 놓자 운허는 그에게 갔다.

“장문인, 지금 서위 문주와 곽흥 문주 간에 언쟁이 있습니다만…….”

"이 새벽부터?"

"예. 아무래도 두 분 다 물러날 생각이 없는 것 같습니다."

그 무인의 말에 운허는 먼저 가겠다며 표주한에게 말하고 서위와 곽홍이 있는 막사로 갔다.

막사의 근처는 두 사람의 목소리가 쩌렁쩌렁하게 울렸다.

주변에서 이야기를 엿듣던 이들은 운허를 보자 화들짝 놀라 근처에서 사라졌다.

"새벽부터 이야기를 나누는 것 좋네."

막사의 휘장을 걷으며 운허가 나타났다.

서로 얼굴을 붉히며 소리치던 서위와 곽홍은 헛기침을 하며 제자리에 앉았다.

"무슨 일이야? 왜 이렇게 시끄러워. 밖에서 이야기를 엿듣고 있는 것도 몰라?"

운허의 질책에 둘 다 아무런 말을 하지 못했다.

"무슨 이야기를 했기에 그렇게 흥분한 거야?"

운허의 물음에 서로 눈치를 보던 중, 서위가 먼저 말했다.

"앞으로의 일에 대하여 의논하고 있었습니다."

"어떤 일?"

"지금 적과 싸울지, 그게 아니면 물러날지에 대한 이야깁니다."

"음……."

혹시나 했던 이야기에 운허의 얼굴에도 그늘이 졌다.

그도 그 부분에 대해서는 뾰족한 결과를 낼 수가 없었다. 그랬기에 뜬눈으로 밤을 지샌 것이 아닌가.

운허의 그 반응에 서위가 조심스레 말을 꺼냈다.

"지금은 병력을 뒤로 물려야 합니다. 비록 저희가 적의 지원으로 인하여 불가피하게 물러났다지만, 엄연히 저희는 진 것입니다. 특히 원용 문주의 공백이 너무 큽니다. 철주문이야 말할 것도 없거니와 저희 두 문파의 사기가 너무 떨어졌습니다. 이 상태로 싸운다면 백전백패입니다."

서위의 말에 운허는 굳어진 얼굴로 그도 모르게 고개를 끄덕이고 말았다.

지금의 상황은 아무리 보아도 좋게 여겨지지 않았다.

하지만 서위와 마주 보고 있던 곽홍이 얼굴을 붉히며 소리쳤다.

"당치도 않은 소리! 여기서 어디로 물러난다는 말입니까. 절대 안 됩니다. 원용 문주마저 죽었는데 그의 복수를 하지 않는다는 소립니까!"

철주문과 본원문의 사이가 가까웠던 만큼 곽홍과 원용 또한 무척이나 친한 사이였다. 그런데 원용이 죽어버렸으니 그는 흥분하지 않을 수 없었다.

그의 마음을 운허가 이해하지 못할 리는 없었다.

그리고 그 말 또한 틀리지는 않았다.

매화검문이 물러나는 자신들을 가만히 두고 볼 리가 없었다. 등을 보인 먹잇감을 쫓지 않고 내버려 두는 사냥꾼은 어디에도 없다.

운허가 고민하는 사이 서위와 곽홍의 언쟁이 다시 시작되었
다.

"지금 싸운다고 뾰족한 수가 있습니까?"

"그러면 도망간다고 뾰족한 수가 있습니까?"

"지금 병력으로는 무리입니다."

"그 병력이 도망간다고 나아질까? 지금도 적이 오고 있습니
다. 당장 싸워야지!"

"그게 개죽음이란 말입니다!"

"개죽음? 원용의 죽음을 모욕하는 것인가!"

"그때와 지금은 상황이 다르지. 그대야말로 원용의 이름을
팔아 다른 이까지 전부 다 죽이려고 하는 것이 아닌가!"

"서위, 이 겁쟁이 새끼가!"

"너야말로 닥쳐라, 곽홍!"

두 사람은 혈기를 참지 못해 자리에 박차고 일어났다. 당장
에라도 주먹질을 하려는 그들 사이로 운허가 손을 내밀었다.

"그만하고 앉아. 화내기 전에."

싸늘한 운허의 말에 두 사람은 씩씩거리며 앉았다.

"아, 젠장."

운허는 그도 모르게 욕지거리를 내뱉었다. 두 사람이 저토
록 흥분하는 것을 보니 머리가 절로 아파왔다. 뇌 속을 바늘로
쿡쿡 찌르는 것만 같았다.

그는 관자놀이를 어루만지며 주합심법을 운용했다. 가슴 부
근에 열기가 과하게 뭉쳐 있었고 목도 뻣뻣하다. 거기다 머리

부근의 기의 흐름이 썩 좋지 않았다.

운허는 가만히 그 기의 흐름에 집중했다.

'유만의 기운이구나.'

왜 머리가 아픈지 이해가 되었다.

이제까지 잠잠하던 유만의 기운이 움직이기 시작한 것이다.

'거슬려. 유만도, 이놈도.'

하필이면 뇌 부근에 자리를 잡고 있다.

이걸 잘못 처리했다가는 뇌가 손상이 갈까 봐 엄두가 안 났다. 하루 이틀 만에 처리할 것이 아니다. 그저 유만의 기운이 움직이지 못하게 그의 기운으로 위협해야 한다.

그가 땀을 뻘뻘 흘리며 집중하자 서위와 곽홍은 자연히 입을 다물었다. 지금은 그들끼리 말다툼을 할 때가 아니었다.

운허는 곧 두 눈을 떴다. 짧은 시간이었지만, 그의 몸은 땀으로 흠뻑 젖어 있었다. 그만큼 뇌에 있는 유만의 기운을 대하는 것이 조심스러웠다.

"큰일입니다. 지금 매화검문이 오고 있습니다!"

그들이 결정을 내리기도 전에 비보가 들려왔다.

"준비해. 싸운다."

벌써 적이 다가왔다면 이제는 어쩔 수 없다.

운허의 말에 서위와 곽홍의 얼굴 또한 딱딱하게 굳어졌다.

매화검문이 다가오며 속가삼대문파 또한 싸울 준비를 갖추었다. 이 한 번의 전투가 마지막일 수도 있다. 그 생각에 엄숙

함과 비장함이 주변을 사로잡고 있었다.

운허는 제일 앞에서 적이 오는 것을 보고 있었다.

적들 또한 지쳐 보였다. 그럴 수밖에 없다. 저들 또한 어제 내내 전투를 했다. 속가삼대문파가 도망가는 동안은 쉬었다지만, 반대로 이른 새벽부터 움직였다면 피곤할 수밖에 없다.

그리고 개중 몇몇은 불안한 표정으로 오고 있다.

운허는 그들을 눈여겨보였다.

어디서 보았을까.

곧 답을 찾은 운허의 표정이 조금은 풀어졌다.

화산연합으로 같이 싸우던 이들이 분명했다. 그들은 운허가 어떻게 싸우는지 두 눈을 뜨고 보았던 이들이다. 마지막에는 배반을 하고 도망친 이들이니 속가삼대문파와 싸우는 것이 썩 자신감이 있을 리가 없다.

그걸 보니 생각보다는 싸울 만하다고 여길 수밖에 없었다.

'시간을 끌까.'

운허가 홀로 앞으로 나섰다.

그를 본 매화검문에서도 움직임을 멈추었다.

그리고 그들에게서도 한 사람이 걸어 나오기 시작했다.

처음에 운허는 자신의 눈을 의심했다.

그에게 다가오는 이는 그 또한 너무나 잘 알고 있었다. 그랬기에 이 자리에서 볼 줄은 몰랐던 인물이었다.

운허는 허탈한 음성으로 그를 불렀다.

"대사백?"

명종.

왜 그가 이곳에 있는 것인가.

운허는 머릿속이 복잡해지기 시작했다.

지금 눈앞의 명종이 가짜가 아닐까 하는 망상마저도 들 정
도였다.

'어제 같이 온 걸까?'

운허는 전날 운학이 데리고 온 지원군을 떠올렸다.

명종이 그 지원군에 있지 않고서야 지금 여기에 있을 수는
없었다.

'대사백이면 이 싸움을……'

이대로 서로 물릴 수 있다.

운허는 그 희망에 잠시 부풀었지만, 곧 고개를 저었다.

매화검문과의 전쟁.

명종이 그걸 몰랐을 리가 없다.

최소한 그의 묵인이 있기에 벌어졌을 터였다. 그걸 상기하
며 다가오는 명종을 자세히 살폈다. 그사이에 무슨 일이 있었
을까. 그는 더 초췌해 보였다.

서로의 거리가 가까워져 갔다.

그리고 조금씩 흔들리는 운허와 달리 명종은 변함이 없었
다.

"오랜만이네요, 대사백."

운허는 그를 향해 어색하게 인사를 건넸다.

명종은 별다른 떨림이 없는 눈으로 운허를 위아래로 훑어보

왔다.

"피곤해 보이는구나."

"대사백도요. 여기까지는 웬일로 오셨어요?"

"상처는 다 나았다고 들었다."

"설마요. 아직 아픈데요. 왜 오셨어요?"

"맞추어보거라."

그리고 명종은 천천히 검을 뽑아 들었다.

그 순백의 검신을 보며 운허는 탄성을 터뜨렸다.

"과연! 장문인이 되실 때 받았다는 검이 그거군요."

"그렇다. 그리고 명현이를 죽였던 검이다."

"……"

"내가 왜 이걸 뽑아 들었을 것 같으냐."

명종의 검이 천천히 운허를 향해 겨누어졌다.

운허는 조금의 미동도 하지 않았다. 목젖에 느껴진 차가운 느낌에도 그는 명종만을 볼 뿐이었다.

"글쎄요. 왜일까요."

"결자해지를 하고자 왔다."

"어떻게요?"

"바로 이렇게."

명종이 운허의 목에 검을 댄 상태로 천천히 검을 밀어 넣었다. 목에 가느다란 자상이 나며 핏물이 흐르기 시작했다. 그럼에도 운허는 움직이지 않았다.

그는 아직 살기를 느끼지 못했다.

"아파요, 대사백."

그랬기에 살짝 인상을 쓰며 목에 난 상처를 만졌다. 핏물이 만져지자 손바닥에 묻은 피를 옷에 닦아내었다.

"너는 피하지 않는구나."

"피할까요?"

"그러거라. 내가 죽이기 편하게."

"거짓말이 너무 뻔해요. 결자해지라면서요. 왜 저를 죽일 것 같지가 않죠?"

운허의 물음에 명종은 행동으로 답했다.

그의 검이 길게 휘둘러졌다.

운허의 가슴팍의 천이 잘리고 또다시 옅은 검상이 입혀졌다.

그러나 이번에도 운허는 피하지 않았다.

"왜 그렇게 조급해하세요?"

"끝을 내려고 왔단다."

"대사백. 저는 매화검문을 화산파의 속가로 품고 싶어요."

"어림도 없는 소리구나."

"대사백이랑 누 사형이랑 함께 다시 화산에 오르고 싶어요. 예전처럼 그냥 그렇게 지내고 싶어요."

"이루어질 수 없는 망상이구나."

"그런데 행복하잖아요. 그때가요."

그 상상만으로도 운허의 입가에는 미소가 지어졌다.

그래, 그때는 행복했다.

매영이 되기 전에 그는 그 누구보다도 더 행복했다.

"가요. 이제 싸우지 말고 그냥 행복하게 지내요. 네?"

운허는 그에게 손을 내밀었다.

명종은 그도 모르게 그 손을 아련하게 보고 말았다.

그 어린아이의 손이 어느덧 굳은살이 박인 무인의 손이 되어 있었다.

그리고 그의 검은 운허의 손목을 향해 휘둘러졌다.

이번에는 운허도 가만히 있을 수 없었다.

갑자기 느껴지는 살기에 그 또한 뒤로 물러날 수밖에 없었다. 실제로 조금만 늦었다면 오른 손목이 그대로 잘려 나갔을 터였다.

"대사백?"

정말로 목숨을 걸려는 것인가.

운허는 점점 짙은 살기를 풍기는 그를 보았다.

"그 녀석도 그랬지. 내가 목전에 검을 들이대더라도 검을 들지 않았다."

"제 사부님이시잖아요."

"그러나 결국 녀석은 검을 들었지."

명종이 운허에게 바짝 다가왔다.

현난보법의 묘리가 담겨 있지만 그 움직임은 더 은밀했다.

명종의 검이 빠르게 운허의 전신을 훑어갔다. 가까이서 펼쳐진 대청검법은 무시무시하기 그지없었다. 전신이 검에 베일 것 같은 위기에 운허도 어쩔 수 없었다.

두 번의 검을 피하고 세 번째 검이 허벅지 쪽을 훑으려는 순간, 그가 검을 뽑았다.

명종의 검은 완벽하게 틀어막혔다.

이미 화산의 모든 무공을 익혔다고 자부하는 운허였다.

화산의 무공이라면 어떤 초식이라도 파훼할 수 있었다. 운진과 싸울 때에는 마음이 모질지 못하여 사정을 봐주면서 했지만, 진심으로 상대를 대한다면 아무리 명종이라고 한들 그와 맞서기는 힘들었다.

운허의 그런 자신감의 결과가 드러나기 시작했다.

처음 그를 압박해 나가던 명종이 힘없이 물러나기 시작했다. 명종이 평생 익힌 어떤 검법을 펼쳐도 운허는 그의 것보다 나았으면 나았지 못하지 않았다.

"아직이다!"

명종은 뒤늦게나마 자하신공을 발휘하기 시작했다.

자색의 검강이 휘몰아치자 운허 또한 자하신공으로 받아칠 수밖에 없었다.

운진 때와는 다른 힘의 호각이 이루어졌다.

그러나 같은 것은 순간일 뿐이었다.

명종이 노익장을 과시하더라도 그에게 운허는 너무나 젊었다. 또다시 명종이 점점 뒤로 밀리기 시작했다. 그의 얼굴은 점점 붉어졌다.

방금 전, 운허는 그와 똑같은 초식으로 상대했다.

그건 그가 움직이는 순간 운허는 그가 무엇으로 공격할지를 알아차렸다는 것이었다. 그리고 이제 운허의 공격이 점점 강해지기 시작했다. 그저 막기에 급급하던 명종은 하는 수 없이 뒤로 물러났다.

"강해졌구나."

그는 얼얼한 손목을 어루만졌다.

이 노쇠한 몸은 이제는 버티는 것만으로도 버거울 정도였다. 그러나 그의 입가에는 아까와는 다른 미소가 감돌고 있었다.

"정말로 성장했어."

아까와는 사뭇 달라진 분위기에 운허는 얼떨떨한 표정을 감추지 못했다.

그러나 긴장감을 늦추지 않았다.

"너에게 마지막으로 보여줄 것이 있다."

명종은 조용히 검을 들어 올렸다. 그리고는 그대로 천천히 땅에 닿을 때까지 검을 내렸다. 그저 별 볼일 없는 초식 같았지만, 무언가 다르다는 느낌이 들었다.

하지만 그 느낌이 무엇인지를 도저히 알 수 없었다.

"이게 답이다."

"그게 무슨……"

"옥양자 사백조로부터 명현이 녀석까지 이어진 하나의 검결이다. 화산에는 없는, 근원파만의 것이다."

"……"

"그리고 나는 아직까지 이걸 이해할 수 없다. 다만 보여줄

뿐이다."

운허는 방금 전의 일초를 머릿속에 되새겼다.

명종이 검을 쥐는 방법에서부터 내딛은 발을 위치를 비롯해 작은 움직임을 모두 다시금 떠올렸다. 명종의 말대로였다. 적어도 운허가 알기로는 방금 전의 일초와 정확히 같은 것은 화산의 무공에 없었다.

하지만 그게 얼마나 대단한 것인지는 알 수 없었다.

명종이 굳이 가르쳐 줄 정도면 대단했어야 할 무언가를 체감할 수가 없었다.

"내 말 똑바로 들어라."

"말하세요."

"화산을 버리고 도망가라. 그리고 방금 전의 일초를 깨닫기 전에는 죽을 때까지 숨어 있거라."

명종의 입에서 나올 것이라 생각지 못한 말.

운허는 무거운 얼굴로 고개를 저었다.

"대사백, 전 그런 짓 못 해요."

"너 하나라도 살아야 한다."

"같이 살면 되잖아요."

"이미 늦었단다."

"절 죽이실 수 없을 거예요."

"난 아직 두렵구나."

"도대체 뭐가요?"

"내가 사부님처럼 될 수 없다는 것이. 그리고 이런 식으로 끝맺어야 하는 것이 말이다."

"뭐하시려는 거죠?"

"뒤를 부탁하마. 마지막 선물이 이런 것이라 미안하구나. 용서하거라. 너와 내 제자들이 이렇게 된 상황에서야 나는 선택을 하는구나."

명종이 검을 거꾸로 쥐어들었다.

운허는 그가 무엇을 하는지를 알 수가 없었다. 그리고 그 검이 천천히 명종의 심장을 꿰뚫는 순간, 운허는 경악할 수밖에 없었다.

명종이 피를 토하며 무릎을 꿇었다.

"대사백!"

운허가 놀라 그에게 다가갔다.

명종은 심장에 박힌 검을 빼내고 그곳에 손을 넣어 무엇인가를 찾기 시작했다.

"뭐하시는 거예요. 도대체요!"

하지만 명종은 답 없이 심장에서 무언가를 꺼냈다.

손톱만큼도 되지 않는 작은 벌레였다.

"고독?"

그걸 알아본 운허의 얼굴이 딱딱하게 굳었다.

실제로 고독을 보는 것은 처음이다.

그러나 이 생명력이 질긴 놈은 운허의 손가락을 찢어 그 틈으로 들어가려고 발버둥 치고 있었다.

"진작 사부님처럼 해야 했다. 두 제자 녀석에게 전하거라.

이미 적은 곁에 있다.”

명종은 그 말을 하며 눈을 감았다. 한 줌의 눈물과 함께 미소가 입가에 조금씩 머금어졌다.

“대사백! 대사백!”

운허가 그의 어깨를 부여잡으며 흔들었다.

그러나 답은 없다.

이미 명종의 숨은 끊어진 뒤였다.

매화검문과 속가삼대문파에서는 아무도 소리를 내지 못했다.

지금의 상황은 그들로서는 이해할 수 없었다.

아무도 운허와 죽어버린 명종에게 다가가지 못할 때, 매화검문에서 운진과 운학이 그들에게 다가갔다. 허탈한 표정과 힘이 빠진 그들의 모습은 누가 보아도 전의를 상실한 모습이었다. 그랬기에 운허는 그들을 경계할 수 없었다.

흐르는 눈물 사이로 보이는 그들의 모습을 보는 것만으로도 가슴이 아파서였다.

“사부, 이게 무슨 짓입니까.”

운허의 품에 안긴 명종의 시신 앞에 운진은 무릎을 꿇었다.

“왜 그랬습니까! 누가 죽으랍니까. 도대체 누가! 빌어먹을 인생, 하루라도 더 살려고 왔으면 끝까지 살아야지. 무섭고 두려워도 살아야지. 왜 이렇게 간단 말입니까! 왜요!”

굳게 쥔 주먹으로 그는 애꿎은 땅을 후려쳤다. 손톱이 굳은 살이 박여 버린 손바닥에 박혀 피가 흘러나왔다.

그 옆에서 운학은 그저 울었다.

흐르는 눈물을 닦지 않으며 어린아이처럼 울 뿐이었다.

"…왜 말리지 않았냐. 어째서 그랬냐. 왜……."

운진은 운허를 보며 물었다.

이미 어떤 상황이었는지 스스로 보았음에도, 명종이 운허와 맞서기 위해 나갈 때부터 어렴풋하게 느껴왔던 불안감을 알았음에도, 그는 명종이 스스로 죽으려고 했다는 사실을 도저히 받아들일 수가 없었다.

멸문화산을 일으키면서, 그전에 청송의 죽음을 사제인 명현의 것이라 치부하면서까지 명종이 바라던 것은 무엇이던가. 적어도 이렇게 죽는 것은 아니었다.

"그만하십시오, 사형. 사부님께서 선택하신 겁니다."

울고 있는 두 눈과는 달리 다소 냉정하리만큼 운학의 목소리는 차가웠다.

"사제, 네놈은 사부님의 죽음이……."

"운허를 죽이면 사부님께서 기뻐하시리라 생각합니까? 사부님의 죽음이 잘못되었다고 여기십니까? 그러면 죽으시면서 지은 미소마저도 잘못됐다고 여기십니까?"

"난……."

운진은 말을 잇지 못했다.

그 말이 맞다.

그러나 알고 있는 것과 인정할 수 있는 것은 다르다.

그는 명종의 죽음을 받아들일 수 없었다.

"적이 가까이 있다. 대사백의 말씀이셨어요."

운허는 그들을 보며 힘없이 중얼거렸다. 그리고는 이미 움직임을 멈춘 고독을 둘에게 보였다. 그걸 본 둘은 다른 말을 하지 못한 채로 고개만 숙였다.

"이거요. 혹시 청송 장문인께도 있었나요?"

운허의 물음에 운진이 고개를 끄덕였다.

"그래. 암화주가 그런 식으로 말했었지."

"그래서 대사백이 자결하셨나요?"

"맞아. 하지만 사부님이 자결하실 줄은 몰랐다."

"어째서요?"

"청송 장문인께서 자결을 하셨음에도 화산이 멸문했으니까."

"……."

그 말에 운허는 순간 할 말을 잃었다.

운진은 그 표정이 어떤 말을 하고 싶은지를 잘 알고 있었다.

"알고 있다. 사부님을 변호할 생각도, 나는 관계없다는 이야기를 할 생각도 없다. 사부님께서는 사숙께 모든 것을 덮어씌우셨지."

이미 죽어버린 명종을 보아서였을까.

죽어서도 하지 않으리라 다짐했던 말은 운진의 입에서 흘러나왔다.

"…계속 싸울 거예요?"

조심히 운허는 운진에게 물었다.

운진과 운학이 결국 그를 향해 검을 들이댄 이유는 단 하나.

명종을 살리기 위해서였다.

운허는 그걸 가지고 그들을 비난할 마음이 들지 않았다. 반대 상황이었다면, 그 또한 그랬을지도 모르는 일이었다.

"모르겠다. 정말 모르겠어."

운진은 힘없이 고개만 저었다.

명종이 죽음으로써 이번 전쟁은 사실상 끝이 났다고 봐야 했다. 하지만 불과 어제만 하더라도 서로 죽이려고 들었던 사이다. 한순간에 화해를 하자는 말이 쉽게 나오지도 않았다.

"아마 적들도 곧 올 것이다."

"예?"

"종남과 형산파. 그들이 유사시에 우리를 지원할 거라는 무림맹주의 서신이 있었다."

그 말에 운허의 얼굴이 어두워졌다.

매화검문과 속가삼대문파끼리 싸워 지친 후, 그 두 세력이 나타난다면 어떻게 될 것인가.

"저희 쪽의 곽홍과 서위를 데리고 올게요. 이야기를 해요."

운허의 말에 운진이 굳은 표정으로 고개를 끄덕였다.

第八章
이장폐천(以掌蔽天)

운진을 내버려 두고 운허와 운학은 자신들의 진영에 가서 휴전을 할 것이라 말을 했다. 그러자 두 진영에서는 크게 혼란이 일었다.

그들도 눈이 있으니 명종이 자결하는 것을 보았다.

하지만 아무리 그랬나고 하여도 그걸 쉽게 받아들일 수가 없었다. 속가삼대문파는 자신들에게 큰 피해를 입힌 이들과 휴전을 하는 것이 탐탁지 않았고, 매화검문은 다 이긴 전쟁에서 손을 놔야 하는 것이 이해가 되지 않았다.

그러나 운허와 운진의 결정은 어쩔 수 없었다.

운허가 곽홍과 서위를 데리고 오는 동안 매화검문은 운진이 있던 곳에 천막을 설치하여 외부에 보이지 않게 처리를 해두었다.

“장문인. 저를 찾았다고 들었는데 혹시 급한 일입니까?”

천막이 설치되고 안으로 들어선 그들은 자연스레 서로를 노려보고 있었다. 특히 운진을 노려보는 곽홍의 모습은 언제라도 달려들 것처럼 위험천만했다.

하지만 그의 곁에 운허가 있으니 억지로 참고 있었다. 적어도 지금 싸우는 것이 득이 되지 않고 있음을 그 또한 알고 있었다.

어색한 분위기에서 먼저 입을 연 것은 운허였다.

“운진 사형, 매화검문에서도 싸우지 않는 것은 확실한 거죠?”

“그래. 싸울 이유가 사라졌으니까.”

“그러면 일단 앞의 이야기를 하죠. 무림맹주가 정말로 화산파를 그렇게 매도했나요?”

“그는 이번 기회에 화산파를 제거하기를 바란다. 그리고 그건 그만이 아니지. 종남과 형산이 움직이고 있다는 보고가 있다.”

“그게 무슨…….”

“우리가 성공을 하면 모를까 실패하면 그 뒷마무리를 하겠다는 거겠지.”

운진의 말에 운허만이 아닌 곽홍과 서위의 얼굴이 구겨졌다.

매화검문 하나만으로도 벅찬 현재였다.

그런데 종남파와 형산파마저 공격이 들어온다면? 결과는 뻔한 것이었다. 적어도 섬서에서 지금의 종남에게 대항할 수 있는 곳은 없었다.

"사형, 무림맹주가 매화검문은 가만히 둔다고 해요?"

"모른다. 다만, 최악의 경우 우리는 종남파에 투신할 생각이었다."

"……."

예상치 못한 말에 운허가 놀라 자리에서 일어났다.

방금까지 굳어져 있던 그의 얼굴은 창백하게 변해 있었다. 적어도 그는 매화검문에서 그런 생각을 하리라고는 추호도 생각하지 않았다.

"알고 있다. 네가 어떤 생각을 하는지. 그리고 무슨 말을 하고 싶은지."

운진은 쓴웃음을 지었다.

그도 운허가 이런 반응을 보일 것이라고는 예상한 바였다.

그걸 보고 있는 곽홍은 물론 서위마저도 불편한 표정을 감추지 못하고 있었다.

이십 년이라는 세월은 결코 짧지 않다.

그러나 그보다 더 많은 세월 동안 운진은 화산파의 도사였다. 멸문화산에 가담한 것도 모자라 종남파에게 투신을 할 생각을 했었다니.

운진이라는 사람에 대해 진절머리가 날 정도였다.

하지만 운허만은 불편한 표정을 감추었다. 처음에 충격을 받았다. 그러나 얼마나 힘들면 그런 생각까지 했을까 하는 걱정이 들어서였다.

"사형, 미안한데요. 종남에게 투신을 하려는 것은 그 정도로 강하다고 생각이 돼서인가요?"

"지금의 종남은 강하다. 정말로 강해. 네가 있을 시절의 화산보다도 강하다."

"세력이 큰 건가요? 아니면 정말 강한 고수가 있어서인가요."

"너 설마……."

운진은 운허가 무엇을 생각하는지 어렴풋이 알 것 같았다.

"저희는 다 지쳤어요. 그런 상대에게 종남파나 형산파가 전면전으로 할까요? 아뇨. 그들도 자신들이 하려는 짓을 안다면 그렇게까지는 못하겠죠. 그러니까 차라리 고수 몇을 뽑아서 전면으로 붙는 것이 나아요. 그들도 거부할 수 없겠죠."

"음……."

전면전보다는 운허의 말이 더 매력적일 수밖에 없었다. 전체적인 전력이 부족하다고는 하나 몇몇의 고수는 크게 부족하지 않으리라는 생각 때문이었다.

그러나 운진의 표정은 썩 밝아지지 않았다.

다른 이들도 마찬가지였다.

그들이 과연 받아들일까 하는 의문이 너무나 컸기 때문이다.

"장문인. 종남이나 매화검문이 저희만을 마무리 지으려고 올 수도 있습니다. 그때도 과연 매화검문이 저희와 함께하시리라고 믿으시는 겁니까?"

이때까지 잠자코 있던 서위가 날선 목소리로 물었다.

그의 물음은 매화검문을 믿을 수 없는 속가삼대문파의 입장을 대변하는 것과 마찬가지였다.

"예, 믿어요. 매화검문은 더 이상 본 문과 척을 질 이유가 없으니까요."

"그 이유가 자결한 명종 문주이다. 맞습니까?"

"맞아요. 두 사형은 이제 본 파와 함께할 겁니다."

"화산연합의 연장선상입니까? 아니면 매화검문 또한 속가로 들어오는 겁니까?"

화산연합의 연장선이면 매화검문과 화산파가 동등한 입장이라는 뜻이다. 그러나 속가라면 속가삼대문파와 똑같은 입장이 된다.

서위의 말에 운진은 불쾌한 표정을 감추지 못했다.

그걸 본 서위가 코웃음 쳤다.

"그대 같은 변절자가 불쾌할 것도 있소?:

"서위! 네 이놈!"

잠자코 있던 운하이 참지 못히고 고함을 쳤다.

속가삼대문파의 이들이 비아냥거리는 이유를 모르는 것은 아니다.

그들은 변절자였다.

그러나 앞으로의 일에 대해서 조롱받는 것은 참을 수 없었다.

“앉아라. 저들의 말도 틀린 것은 아니니.”

“사형! 저 말을 참는다는 말입니까!”

“저들을 보고 참는 것이 아니다. 우리가 죄를 지은 막내 사제를 보고 참는 것뿐이다.”

“크으…….”

운진의 말에 운학은 이를 바득바득 갈면서도 자리에 앉았다.

그들과의 마찰로 운허의 떨떠름한 시선을 받는 서위는 불편한 기침을 터뜨릴 뿐이었다.

운허가 좌중을 쏘아보며 말했다.

“다시 서로 싸울 거라면 저도 가만히 있지 않아요. 방금 전까지야 적이라고는 하지만 지금은 동료입니다.”

“장문인, 하지만 매화검문이 저희를 배신한 것을 잊으셨습니까?”

지금의 상황이 탐탁지 않은 곽홍은 볼멘소리를 냈다. 그로서는 아직까지 고개가 뻣뻣한 매화검문의 이들이 불편하기 짝이 없었다.

“지금 죽을래요. 아니면 내일 죽을래요. 지금 저희가 당면한 문제가 그래요. 홀로 종남이나 형산을 감당할 수 없는 상황이에요. 그런데 그 두 곳에서 공격해 올지도 몰라요. 그래도 싸울 건가요? 정말로요?”

운허의 말에 곽홍은 조용히 고개만 숙였다. 아무리 화가 나 있어도 그 또한 한 문파의 문주다. 매화검문의 조력 없이 현 상황을 타개할 수가 없음을 잘 알고 있었다.

"고수를 추리죠. 화산파에는 저와 상만청 어르신, 그리고 다른 이들은 두고 봐야겠지만, 방석까지 쓸 수 있을 것 같아요."

운허의 말에 다들 고개를 끄덕였다.

방석 또한 고수 중 하나였지만 그들이 본 상만청은 그 명성에 비하여 실력이 평가절하된 이였다. 낭인이라고 해서 단순히 취급할 무인이 아니었다.

"본 문에서는 나와 운진이 나서지. 목숨을 거마."

운학의 말에 운허도 든든한 마음이 들었다.

운학과 운진은 과거 화산의 매화검수로 불렸던 이들이었다. 그들의 무위는 결코 운허라고 해도 무시할 수 없는 수준이었다.

"저희 둘이 나서겠습니다."

서위와 곽홍이 서로의 눈짓을 주고받으며 말했다.

"좋아요. 이제 정말로 정면승부입니다. 적들이 오면 담담하게 대하세요. 제가 그들을 자극할 테니까."

운허의 말에 다들 고개를 끄덕였다.

종남과 형산이 오는 날, 건곤일척의 싸움이 벌어질 터였다.

섬서무림은 화산파와 종남파로 양분되어 있었다.

그러나 화산파는 이분화산과 멸문화산을 거치며 그 자리에 큰 공백이 생겼다. 매화검문이나 속가삼대문파로 나눠지는 문파들이 있었지만 그들은 화산파가 될 수 없었다.

종남.

그들은 역사상 유례없을 정도의 성장을 하기 시작했다.

구파일방에서도 소림이나 무당의 다음이라 평가받을 정도가 되어버렸다.

구파일방 중 두 개의 세력을 일궈낸 섬서라는 곳에서 화산이 사라진 덕분이었다. 화산으로 쏟아지던 수많은 것의 대부분이 그들에게 향했으니 당연한 결과였다.

모든 이는 종남이 지금보다 더 커지리라 여겼다.

소림이나 무당도 버거워할 정도가 되리라 생각할 수밖에 없었다.

하지만 상황이 묘하게 되어버렸다.

맨 처음만 하더라도 잡음이 많던 매화검문이 빠르게 성장한 것도 모자라, 화산파가 다시 세워진 것이다. 알맹이가 다 빠진 것도 모자라 껍데기만 남았다지만 종남으로서는 그게 반가울 리가 없었다.

그러던 차에 무림맹이 구파일방에서 화산파의 이름을 지워버리기를 바랐다. 무림맹이라는 곳에서의 체제를 확고히 하기 위해서는 이제 겨우 살아난 화산파보다는 다른 팔파일방과 비슷한 수준의 세력이 필요했다.

바로 그게 형산파였다.

중원오악 중 하나인 형산에 자리 잡은 그들 또한 강력한 문파였다. 형산파 또한 구파일방 중 하나가 되는 것을 거리낄 리가 없다.

종남과 형산은 서로의 이해관계가 맞아떨어졌다.

그래서였을까.

종남과 형산은 각각 남과 북에서 백 명씩의 고수를 데리고 오고 있었다. 그걸 보며 운허는 혀를 찰 수밖에 없었다.

"매화검문이랑 싸웠다면, 그대로 죽었겠네요."

"싸우다 죽는 것도 나쁘지 않지."

"뭐가 나쁘지 않아요. 더럽게 운이 없는 거죠."

옆에서 탁주를 마시고 있는 상만청을 보며 운허를 눈을 흘겼다.

종남과 형산의 무인들은 속가삼대문파보다 개개인의 수준이 더 높다고 할 수 있었다. 그 말은 그들이 어중이떠중이가 아니라 정예를 데리고 왔다는 뜻이다.

종남이면 몰라도 형산파가 백 명의 고수를 데리고 왔다는 것은 그들이 얼마나 이번 전투에 신경을 쓰고 있는지 알 수 있는 부분이기도 했다.

"네놈은 잃을 것이 많아서 그러는 거다. 홀로 천하를 떠돌다 보면 말이다, 그냥 눈을 감고 있을 때 조용히 죽었으면 할 때가 있지."

그리고 상만청은 눈을 감아 보였다.

그만큼은 아니더라도 어릴 때에 홀로 떠돌았던 방석 또한 고개를 끄덕였다.

"사부님 말이 맞습니다. 장문인, 적어도 별것 아닌 놈들보다야 저들 정도면 괜찮은 편입니다."

"괜찮기는 무슨. 어떻게든 살아서 행복해야지. 그리고 이제
는 둘 다 화산파잖아. 홀로 죽고 홀로 살아남는 것이 아니라
다 같이 살고 죽어야지."

운허의 말에 둘 다 피식 웃으며 고개를 끄덕였다.

그의 말대로다.

이제 그들은 홀로 떠돌아다니는 낭인이 아니었다. 비록 외
인일지라도 그들 또한 화산파의 일원이었다. 죽는다면 함께.
살아남아도 함께. 그게 그들에게는 묘한 성취감을 가져다주었
다.

"만약 놈들과 싸우면 약속하마. 하나는 저승길 동무로 삼아
주지."

상만청의 눈에 살기가 번들거렸다.

이미 그가 새로이 익힌 야만십칠도의 정수는 방석에게 전해
주었다. 워낙에 실전으로 갈고 닦은 터라 여타 문파의 절기처
럼 방대한 양을 전수할 것이 없었다. 그저 싸우고 싸워 익혀낼
뿐이었다.

그는 이미 후인을 전하였으니 싸워 죽어도 아쉽지 않은 터
였다.

"죽지 마십시오. 복수하면 귀찮아집니다."

그를 보며 방석은 히죽 웃었다.

그게 얼마나 고마운가.

그를 제자로 삼은 지가 한 달도 되지 않았건만, 운허가 보기
에는 두 사람은 평생을 함께해 온 부자 같았다.

그걸 보며 운허는 명현을 떠올렸다.

'사부님……'

아직도 그가 떠오른다.

암화주에게 쫓기던 때, 모든 것을 버리고 떠나자던 그의 말이. 그리고 매영이 되던 마지막 순간에 더 빨리 돌아오라고 말하던 그가 떠올랐다. 아버지라고 불러달라던 그의 모습이 떠올라 눈시울이 붉어졌다.

"우냐?"

"눈에 먼지 들어갔거든요?"

"먼지는 개뿔."

울먹이려는 운허를 보며 상만청이 이죽거렸다.

둘이 투닥거리는 사이, 종남과 형산의 진영에 나온 이들이 모두 매화검문으로 가고 있었다. 그러는 한편 남은 이들은 속가삼대 문파의 주변을 둘러쌌다.

하지만 속가삼대문파에서는 쉽게 움직이지 않았다. 오히려 더 웅크려 돌아가는 상황을 살필 뿐이었다.

"저들이 누구인지 알아?"

운허는 매화검문으로 들어간 종남의 도사 다섯을 가리켰다.

그들을 유심히 본 서위가 조심스레 말했다.

"아마 저들이 종남오검인 것 같습니다."

"그게 누군데?"

"도 자 항렬의 도사 중에서도 가장 무예에 조예가 높은 다섯을 뜻합니다. 특히 저들 중 도윤이라는 자는 종남오검 중에서도 군계일학으로 종남에서도 다음 대의 종남제일인이 되리라 보고 있습니다.”

“도윤? 도윤이 저기 있다고?”

도윤이라는 도명에 운허의 눈이 번뜩였다.

“그를 아십니까?”

“응, 알아. 전에 붙은 적이 있어.”

학도제의 마지막에 운허와 도윤은 비무를 했다.

둘 다 어린 나이 때의 비무였지만, 그때에 둘은 확연한 차이를 보였다.

운허는 이제 겨우 무공을 배운 어린아이였고, 도윤은 이미 수많은 영약으로 높은 내공을 가진 후였음에도 운허가 그를 이겨냈었다.

운허로서는 처음으로 동년배의 아이를 이긴 값진 경험이었다. 그러나 그 일 이후로 매영이 지목되었으니, 사실 좋은 기억이라고까지는 할 수 없었다.

“그게 정말입니까?”

“그래 봐야 어렸을 때의 이야기인걸. 하지만 덕분에 일은 잘 풀릴 것 같아. 그때 나한테 엉뚱하게 졌거든.”

그때를 떠올린 운허가 평소처럼 미소를 지었다.

도윤은 운봉수를 사용했다.

하지만 그는 입문무공인 태극기공을 사용했다.

그러나 결과는 운허의 승리였다.

그걸 도윤이 기억한다면 운허와 어떤 식으로든지 간에 붙어

보려고 할 것이 뻔했다.

"신호가 왔습니다."

그사이 매화검문에서 깃발이 몇 번 펄럭였다.

운허는 서위, 도홍과 함께 매화검문으로 들어갔다.

운진의 막사 밖에는 종남과 형산의 무인이 네다섯 명씩 있었다.

"화산파 또한 한 명만 들어가야 합니다."

막사 앞에서 운학이 운허와 함께 온 두 사람을 저지했다. 엄연히 공무 중이었기에 그는 운허에게 존대를 쓰고 있었다.

"두 사람은 여기 있으세요."

운허는 어쩔 수 없이 두 사람을 남겨두고 안으로 들어갔다.

막사 안에는 세 명이 있었다.

매화검문의 운진과 종남과 형산파의 한 명씩이었다.

그들 중 종남파의 도사를 보는 운허의 입가에 살짝 미소가 감돌았다. 도윤은 어릴 때의 그 고집스러워 보이는 모습이 그대로 남아 있었다.

도윤 또한 운허를 기억해서일까.

그는 운허는 보며 살짝 비간을 씨푸렸다.

운허의 반가움에 지어 보이는 미소를 다르게 해석한 것이었다.

"반갑소. 화산파의 장문인 운허요."

그들을 보며 운허는 가볍게 인사했다.

그러자 형산파의 무인이 팔짱을 끼며 이죽거렸다.

"화산파? 그 다 망한 문파 말이오?"

그의 태도에 옆에 있는 도윤의 얼굴도 굳어졌다.

그러나 그것도 잠시, 그는 재미있다는 듯이 상황을 보고 있었다.

"그쪽은 누구지? 형산파를 대표할 위인은 아닌 것 같은데."

"흥! 겨우 몇 명밖에 남지 않은 삼류문파의 장문인 따위가 하대를 해?"

"그 한 명이 형산파 고수 정도가 건드릴 수준은 아니지."

운허는 가볍게 응대를 하며 도윤에게 시선을 돌렸다.

"오랜만이오, 도윤 도사."

"저도 그렇습니다. 그날 이후로 처음입니다."

"그러게 말이오. 정말 반갑구려."

"어디 저만하겠습니까. 지난날의 빚을 갚아야 하는데 혹시 도사께서도 변을 당했을까 봐 얼마나 안타까웠는지 모릅니다. 사부 되시는 구도검께서 횡을 당하셨는데도 불구하고 이렇게 젊어 보이시니 어디 경치 좋은 곳에서 마음 편하게 득도라도 하신 모양입니다."

도윤의 부드러운 말은 가시가 돋쳐 있었다.

그는 운허가 멸문화산 때에 홀로 모습을 숨긴 것처럼 이야기를 하고 있었다. 평소라면 정색을 할 것이었지만, 운허는 기꺼이 받아들였다.

저따위 말, 얼마든지 들어줄 수 있었다. 원하는 결과를 이끌어내기 위해서는 몇 날 며칠이고 들을 수 있다.

"종남의 무거운 엉덩이가 여기까지 온 것을 보니, 제 이름도 제법 퍼진 모양입니다. 그게 아니면 이리 떼마냥 이렇게 몰려오지 않았겠지요."

"물론입니다. 종남의 무거움을 한낱 짓밟힌 꽃잎 따위가 감당하려나 모르겠습니다."

"짓눌린 꽃잎의 흔적은 결코 쉽게 지워지지 않지요. 특히 죽은 꽃이 아니라 살아 있는 꽃잎이라면 말입니다."

"그 흔적이 아마 패배자의 비명일 겁니다."

"종남의 비명도 들을 만하겠습니다."

웃고 있는 둘이지만 점점 노골적으로 상대를 비꼬기 시작했다.

둘은 한 발도 물러나지 않았다.

상대에게 기세를 넘겨줄 마음 따위는 없었다.

"그러고 보니 소개가 늦었습니다. 이분은 형산파 장문인의 대제자인 형장춘 대협입니다.."

"무음호도(無音虎刀) 형장춘이오."

도윤은 자연스레 형장춘을 소개했다.

무음호도 형상춘.

그는 형신파 장분인의 대제자로 이미 형산파에서는 그 무공을 견줄 자가 없다는 평이었다.

운허가 화산파의 장문인이라면, 형장춘은 형산파의 자존심이다. 그로서는 겨우 몇 명밖에 되지 않는 화산파의 장문인이라는 자가 이렇게 고개를 뻣뻣하게 드는 것 자체가 이해되지 않았다. 제정신인 사람이라면 종남과 형산에서 각각 백 명의 무인을 데리고 온 이유를 모를 리가 없다.

그런데 왜 저렇게 당당할까.

형장춘은 곧 죽을 자의 객기라고 여겼다.

"그대는 우리가 왜 왔는지를 알고 있소?"

형장춘이 득의만만한 표정으로 물었다.

이미 최악의 경우까지 생각하고 있던 운허는 오히려 담담한 표정을 지었다.

"홀로 나를 감당할 수 없으니 두 곳에서 온 것이지. 이리들에게는 어울리지 않소이까."

"허! 그대 하나를 감당할 수 없다고?"

"자신감이 대단하군."

형장춘과 도윤의 반응은 곧바로 드러났다. 당장에라도 화를 낼 것만 같은 형장춘과 달리 도윤은 은은한 살기를 보이고 있었다.

"그게 아니면 서로 싸우느라 지친 매화검문과 본 파를 같이 공격하러 왔다거나."

운허는 홀로 중얼거렸지만, 그걸 듣지 못할 이들은 없었다.

그러나 누구 하나 반박하지 않았다.

운허의 말이 맞기 때문이었다.

"아닙니다. 저희는 단지 화산파와 매화검문을 조사하러 왔을 뿐입니다."

"조사?"

조사라는 말에 운진의 눈살이 찌푸려졌다.

도윤은 입가에 미소를 머금었다.

"예. 먼저 화산파의 도사를 자칭하며 운허라는 도명을 쓰고 있는 자에 대한 조사입니다. 그건 매화검문이 맡은 일이니 가장 잘 알고 계시겠지요."

"물론이오."

"하지만 본 맹의 조사 결과 매화검문에 미심쩍은 일이 드러났소이다."

도윤이 도대체 무슨 말을 하려는 것일까.

그가 여유를 보이는 만큼 운진은 불길한 느낌을 받았다.

"왜 맹을 배신했소?"

"배신이라. 무슨 소리인지 모르겠소만."

"자결한 그대의 사부께서 저자에게 화산파의 신물인 매화신검을 넘겨주었다고 들었소. 그렇지 않소?"

도윤이 말하는 저자가 운허임을 운진이 모를 리가 없다. 매화신검의 이야기가 나오자 운진으로서도 아차 싶었다. 멸문화산을 거치며 매화신검은 매화검문에서 보관했다. 그런네 그걸 어느 날부터 운허가 들고 있으니 이상하게 여길 수밖에 없다.

"그래서 본 맹에서는 무림맹주가 주었던 화산파에 대한 감철권을 회수하기로 했소. 그리고 본 파와 형산파가 화산파를 사칭히는 이들과 그를 따르는 세 문파, 마지막으로 매화검문을 조사하기로 한 것이오."

"……."

운진은 별다른 말을 할 수 없었다.

어차피 매화신검은 하나의 구실에 불과했다.

만약 그거에 대한 완벽한 해명을 하더라도 다른 것을 트집 잡을 것이 분명하다.

"뭘 그렇게 말이 많습니까. 누가 들으면 목숨 걸고 싸우기 무서우니 사정 좀 봐달라고 말하는 것 같은데."

그리고 그런 도윤을 보며 운허가 피식 웃었다.

"이놈! 당장 붙자. 그 명성이 헛됨을 보여주마!"

형장춘이 얼굴을 붉히며 일어났다.

그들의 목적은 지친 화산파는 물론 매화검문도 소탕하는 것에 있었다. 그러나 비록 절호의 기회라고는 하나 그는 이런 식으로의 싸움은 원하지 않았다.

하지만 이렇게 운허에게 비아냥과 조롱을 받고 넘길 수 없었다.

형장춘은 도윤을 보았다.

그와 뜻을 함께해 달라는 것이었다.

어차피 그는 그들에게 자신들이 질 것이라 생각지 않았다.

잠시 고민하던 도윤이 고개를 끄덕였다.

"그러도록 합시다. 어차피 저들이 이길 일은 없으니."

의외로 쉽게 일이 풀리자 운허로서는 의외가 아닐 수 없었다.

"그전에 매화검문에 묻고 싶소. 왜 화산파와 싸우지 않은 것입니까, 운진 문주."

도윤의 시선은 운진에게 향했다.

그는 덤덤히 말했다.

"사부님께서 돌아가셨으니 더 이상 싸울 이유는 없소."

"그대와 화산파 사이의 악연이 없다는 것처럼 들리는데……. 혹시 화산파의 도사라도 다시 될 생각이시오?"

"그럴 생각은 없소. 죄인은 죄인. 이번 일을 끝내면 그 죄를 받을 뿐이오."

"화산파와 함께하겠다는 말이오?"

"죄를 받으려는 것뿐이지."

운진은 확실하게 선을 그었다.

그리고 그건 운허에게 하는 말이나 다름없었다.

그가 화산파와 함께하는 것은 이번뿐이다. 이번 일이 끝나면 그는 죄인으로서 화산파의 장문인을 대할 생각밖에는 없었다.

도윤과 형장춘은 서로 전음을 몇 번 나누고는 운허에게 말했다.

"내일 정오에 종남과 형산의 고수 넷을 내보내겠소. 승자의 결과에 모든 것을 맡기도록 합시다. 물론 나는 마지막에 나올 것이오, 운허 도장."

"얼마든지."

"승패는 나와 같이 온 다른 구파일방의 분들이 해줄 것이오."

"…뭐?"

"몰랐소? 우리는 그대들을 모두 죽일 생각은 없소. 모두 살아남게 해서 그대들의 부족함을 보게 해주고픈 마음뿐이지."

도윤은 냉소를 지어 보이며 형장춘과 함께 밖으로 나섰다.

그들이 나가고 운허가 말했다.

"사형은 죄인이 아니에요."

"난 죄인이다."

"아뇨. 저라도 사부를 지키기 위해서는 뭐든 했을 거예요. 알잖아요."

거듭된 운허의 말에도 운진은 고개를 저었다.

"그래도 나는 죄인이다."

"그러면 저는요?"

"너는 화산파의 가장 훌륭한 장문인이다."

"그러면 그 장문인이 명할게요. 이겨서요, 우리 화산에서 살아요. 죄는 따지지 말구요. 그냥 편하게요."

"……"

"그리고 매화검문에는 누가 나올 건가요?"

"나, 그리고 운진이다."

"둘이나요?"

"우리 둘이다."

그리고 운진은 용건이 끝났는지 그대로 자리를 털고 일어났다. 운허도 뒤따라 그를 나왔으나, 운진은 운학과 내일에 대해서 이야기를 하고 있는 상태였다.

결국 그들에게 말없이 고개만 살짝 숙이며 운허는 화산파

진영으로 돌아갔다.

"네 명 중에 매화검문이 두 명이네. 그러면 나머지 한 명을 누구로 할까. 그대로 상만청 어르신으로 해야 하나? 하지만 곽홍이나 서위도 나서려 할지 모르는데……."

운허는 걸어가며 마지막 한 명에 대해서 고민했다.

상만청과 곽홍, 서위의 실력은 처음만 해도 크게 차이가 없었다. 그러나 상만청이 야만십칠도를 새로 바꾸어내면서 세 명의 차이는 어느 정도 벌어졌다.

사실 상만청이 운허와 함께 나서는 것이 제일 낫다.

그러나 서위나 곽홍이 과연 잠자코 있을까 하는 우려가 있었다. 단순히 실력 때문에 상만청을 생각하고 있는 것만도 아니었다.

문주가 죽거나 다치면 그 문파의 지휘가 제대로 되지 않아서였다.

원용이 죽으면서 속가삼대문파는 크게 흔들리지 않았던가.

곽홍과 서위는 뒤에서 불시의 사태를 대비하게 하고 싶었다.

그걸 본인들이 이해하도록 이야기를 해야 했다.

하지만 그의 막사 밖에 무인들이 웅성거리고 있었다.

"다들 무슨 일이야?"

그걸 의아하게 여긴 운허가 그들을 보며 물었다.

"소, 소림에서 사람이 왔습니다."

"누가 왔는데그래?"

"전대 소림사 방장인 방헌 대사입니다."

"누구라고?"

방헌 대사라는 말에 운허도 놀라움을 감출 수 없었다.

전대 소림의 방장인 그는 당대 최고의 무인 중 하나로 손꼽혔다. 숭산의 묵직함이 고스란히 담겨 있다고 알려진 그의 숭위권승(嵩位拳僧)이라는 별호는 아직도 무림에서 이름이 드높았다.

운허가 아무리 무림의 사정에 어둡다고 하나 그 이름까지 모르지 않았다. 그러나 곧 의아한 생각이 들었다. 그렇게 대단한 이가 왜 직접 왔을까.

그가 문을 열고 들어가자 낡은 승복을 입은 중이 있었다.

처음에는 그 뒷모습이 초라하게만 보였지만, 그에게서 운허는 아무런 것도 느낄 수 없었다.

'빈틈이 없다?

그게 너무나 이상했다.

"어서 오시게, 운허 장문인."

운허의 기척을 느끼고 방헌 대사가 자리에 일어났다.

그를 보며 운허는 묘한 포근함을 느꼈다. 이상하게 그는 동네 할아버지 같다는 인상이었다.

"처음 뵙겠습니다. 화산파의 장문인 운허라고 합니다."

"어허허, 이곳까지 오면서 들었네. 흉심백귀를 쓰러뜨렸다지?"

"운이었습니다."

"그 운 또한 알맞은 주인에게 따른다네. 그보다 마실 거라도 좀 내주지 않겠나?"

"아! 조금만 기다려 주십시오."

운허는 직접 차를 끓여왔다.

그가 끓인 차를 맛본 방헌 대사가 감탄을 터뜨렸다.

"찻잎은 별로지만 제법 잘 끓였구먼!"

"제 주머니 사정이 별로라 그렇습니다. 다음에 오시면 더 좋은 찻잎으로 끓여 드리겠습니다."

"다음? 과연 만날 수 있을지를 모르겠구먼."

"제가 소림에 가야 만나주실 겁니까?"

"그 이야기 아니네. 자네가 소림에 영원히 오지 못할 수도 있네."

"경고이십니까? 아니면 고견이십니까?"

"둘 다 일세."

방헌 대사의 입가에 미소가 사라졌다. 그것만으로도 그의 분위기는 인자한 할아버지가 아니라 수십 년을 풍파 속에서 살아남은 노익장의 모습이 드러났다.

"구파일방이 다 모인 일과 관련이 있습니까?"

"그렇네. 그래서 내가 직접 왔네. 자네는 무림맹주를 아는가?"

"위험한 인물이라고는 압니다."

"맞네. 그 짧은 기간에 구파일방을 포함한 정파의 세력들을 묶어 무림맹을 만든다. 자네는 그게 가능하다고 보나? 어떠한

계기도 없이 단 한 명이?"

"하지만 해냈지요."

"그렇네. 그게 문제지. 그는 이상한 인물이네. 외부에 나서지 않지만 사실 그는 맹주라는 직함에 부족하지 않네. 그러나 이상할 정도로 그는 화산파를 노리고 있어. 왜? 어째서? 나는 그에 대한 생각을 멈출 수 없었네."

"답을 얻으셨습니까?"

"난 무림맹주가 모종의 조직에 들어가 있을 가능성이 있다고 보네."

"암화라는 곳입니다."

"암화?"

뜻밖의 이름에 방헌 대사의 눈이 커졌다.

운허는 덤덤하게 그동안의 일을 이야기했다. 이 상황을 설명하기 위해서 그는 어쩔 수 없이 매영이 되고 지금까지의 일에 대해서 털어놓을 수밖에 없었다.

상대는 소림사의 전 방장이었다.

만약 그가 운허를 도와준다면, 일은 한결 수월할 수밖에 없다.

그 작은 희망을 위해 운허는 모험을 한 것이었다.

"허어, 암화라니. 화산 속의 화산이라니……."

방헌 대사는 놀라움을 감추지 못했다. 운허의 이야기를 과연 그대로 믿어야 할지가 의문일 정도였다.

그의 반응을 보며 운허는 속으로 안도했다. 적어도 방헌 대

사는 그의 말에 귀 기울였다. 이미 무림맹주에 대하여 의심을
하고 있는 이상 그가 자신과 척을 질 것 같지는 않았다.

"자네의 이야기는 믿기지 않을 정도구먼."

"그건 자유십니다. 그보다 궁금한 것이 있습니다. 무림맹주
가 어떻게 생긴 자입니까."

"그렇구만. 자네는 아직 보지 못했군. 지필묵이라도 있나?"

방헌 대사가 주변을 두리번거리자 운허는 재빨리 지필묵을
대령했다. 붓을 받아 든 방헌 대사는 날렵한 손놀림으로 무림
맹주의 용모파기를 그려냈다.

그의 용모파기를 본 운허의 얼굴이 굳어졌다.

"이놈은……."

"자네가 아는 사람인가?"

"무림맹주, 정말로 이놈이 무림맹주입니까?"

운허의 목소리는 날이 서 있었다.

갑자기 살기마저 뿌리는 그 모습에 방헌 대사도 적잖게 놀
랐다.

"그러네. 자네는 왜 그렇게 흥분하는 겐가. 그와 아는 사이
인가?"

"이놈이 맞습니까? 무림맹주가 정말로 이 개자식이냔 말입
니다."

"…그건 그렇네만. 그와 안면이 있는 겐가?"

"이놈이 그놈입니다."

"누가?"

"암화주가 바로 이놈이란 말입니다."

운허는 두 주먹을 부르르 쥐었다. 이토록 암화주가 가까이에 있다. 그런데도 마냥 가만히 있던 자신이 이토록 바보 같을 수 없었다. 왜 무림맹주 정도 되는 위치에 있는 자가 암화의 관계자일 정도로만 생각했을까. 어째서 그가 암화주이리라는 생각을 못했던 것일까.

"정말로 그가……."

방헌 대사는 무어라 할 말을 찾을 수 없었다.

그도 단 한 번 본 운허를 전적으로 신뢰하는 것은 아니었다.

그러나 운허가 거짓을 말하는지 아니면 진실을 말하는지 정도를 구분할 수는 있었다.

"맙소사. 자네의 이야기대로라면 이번 비무는 그의 귀에도 들어갔을 걸세."

"벌써 말입니까?"

"그는 이번 일을 곁에서 유심히 지켜보겠다고 했지. 만약 그가 암화주라는 인물이면 화산파가 이렇게 위험해진 상황을 가만히 두고 볼 리가 없을 것 같네."

"음……."

방헌 대사의 말에도 일리가 있었다.

만약 그렇다면 내일에 있을 비무 자체가 위험하게 되어버린다. 범의 굴에 스스로 들어가는 꼴이 되기 때문이다.

"내일 비무에서 이상한 일이 있다면, 바로 자네에게 알리겠네. 그러니 자네도 조심하게."

"말씀 감사합니다."

"그리고 이거 하나는 알아주게. 옥양자, 그 친구의 검은 정말로 매서웠다네."

방헌 대사는 그 말을 남기고 운허의 막사에서 빠져나갔다. 그리고 홀로 남겨진 운허의 시름은 깊어졌다.

방헌 대사는 한숨을 쉬며 침소로 돌아갔다.

그러나 막 휘장을 걷는 순간, 그의 표정은 딱딱하게 굳었다. 그의 침상 위에 몇 번 본 적이 있던 사내가 앉아 있었기 때문이다.

몇 번 본 적이 있었지만 도저히 반갑지 않았다.

"오랜만이구려, 맹주."

상대가 무림맹주였기 때문이다.

방금 전, 운허와의 대화가 머릿속을 떠나지 않는다. 그런데 그 대화 속의 주인공이 눈앞에 있으니 아무리 방헌 대사라고 한들 쉽게 마음을 가라앉히기는 힘들었다.

"이야, 여전히 정정하십니다. 제가 보았을 때는 곧 열반에 드실 때라 조용히 누워 계실 줄 알았는데."

무림맹주는 박수를 치며 그를 환영했다.

그를 보며 방헌 대사는 자신도 모르게 긴장하고 있는 것을 느꼈다.

"어떻습니까. 화산파의 장문인을 직접 본 소감은."

"알고 있었나?"

"물론입니다. 그게 아니면 왜 저를 의심하는 당신이 따라오
는 것을 굳이 두고 보았겠습니까."

"……."

처음부터 운허와의 만남을 유도하려고 했었다.

하지만 어째서 그런 것일까.

"내일 다른 이들과 함께 비무의 공증인만 보십시오. 제 조건
은 그겁니다."

"거래를 하자는 것인가?"

"물론입니다. 제 정체는 들었지 않습니까. 왜 인간이 누릴
수명을 벗어날 정도로 살고 있는 이가 무림맹을 만들고 화산
파만 보겠습니까. 전 욕심 없습니다, 방헌 대사."

무림맹주는 웃고 있지만 그게 협박임을 방헌 대사는 느끼고
있었다. 그의 몸에서 조금씩 흘러나오는 기세는 그마저도 위
축될 정도였다.

"어째서 그런……."

"저는 한 사람의 목숨만 거둘 생각입니다. 그러니 입 다물고
가만히 계시기를."

"화산파 장문인을 말하는 것인가?"

"물론입니다. 전 그와의 대결을 원하거든요."

"비무에 나가려는 것인가!"

무림맹주의 말에 방헌 대사는 경악했다.

지금 그가 보이는 기세는 자신보다도 위였다.

그가 운허와 맞붙는다면 운허가 이길 것이라는 생각을 할

수 없었다.

"그를 죽일 셈이군."

"물론입니다."

"맹주의 신분으로 비무에 끼어드는 것만은 가만히 두지 않을 것이네."

"당신 정도로요?"

무림맹주는 피식 웃으며 무리라고 덧붙여 말했다.

그러나 방헌 대사는 그의 말에 아무런 반응도 하지 않았다. 그저 뚫어져라 그를 볼 뿐이었다.

"아아. 좋습니다. 어차피 저는 내일 용무가 끝나면 이대로 사라질 것이니 맹주직을 물러나지요."

"…뭐라고?"

"맹주직은 알아서 나누어 먹든가 하십시오. 원래 구파일방이 그런 것 잘하잖습니까."

"……."

방헌 대사는 어처구니가 없었다.

도대체 눈앞의 이는 무엇을 하려는 것인가.

"그러니 지금부터 무림맹주라고 부를 필요 없습니다. 제 본명인 유만으로 불러주시길."

"유만?"

"아! 당신 정도라면 알이도 괜찮을 겁니다. 제대로 소개하죠. 전 매화진인의 일곱 번째 제자인 요광 유만입니다. 삼백 년을 죽지 않았으니 인간은 아니겠지만, 아직 신선도 아닙니다."

"매화진인? 그게 무슨…….""

"제가 좋은 것을 알려드렸으니 내일 비무에서는 살인에 대해서 언급하면 안 됩니다. 알겠습니까?"

"……."

유만은 그대로 밖으로 나갔다.

그가 사라지고 방헌 대사는 도저히 지금의 말을 믿을 수 없었다.

"하지만 유만은 분명…….""

운허는 매화비총에 대하여 설명했다.

모래지옥과 같은 그곳에는 매화진경 따위는 없었다고. 거기에는 매화진인의 마지막 제자인 유만이 매화진경을 찾기 위해 들어온 후인들의 목숨을 빼앗아 더러운 삶을 연명하고 있었다고.

하지만 그는 분명 죽었다고 했다.

그러면 도대체 무엇인가.

지금 밖에 나간 전 무림맹주는, 스스로를 유만이라고 부른 이는 누구란 말인가.

운허는 상만청과 곽홍, 서위를 자신의 막사로 불렀다.

먼저 그들이 궁금해한 방헌 대사의 방문 목적에 대한 이야기를 하자 얼어붙어 있던 분위기는 사뭇 부드러워졌다. 그리고 원래의 계획대로 비무를 하기로 했다는 말에 상만청이 대뜸 말했다.

"흥, 그거라면 내가 나가야지."

그에 곽홍이 발끈해 자리에서 일어났다.

"무슨 소리입니까. 저희 쪽이 나갈 수 있는 인원은 두 명입니다. 그러면 당연히 저나 서위 중에 나가야 합니다."

"강한 놈이 나가야지."

"불가합니다. 절대로."

상만청도 자리에서 일어나 서로를 노려보기 시작했다.

"그만해. 곽홍이랑 서위는 참가하지 않는 것이 좋아."

운허의 말에 상만청은 득의양양한 미소를 지었다.

반대로 승복할 수 없는 곽홍이 얼굴을 붉혔다.

"어째섭니까!"

"둘은 불의의 사태에 지휘를 해야 하잖아. 비무의 결과에 저들이 승복을 못 하면 어쩔 건데?"

"……"

곽홍은 그 말에 조용히 자리에 앉았다. 답답하고 분했지만 운허의 말이 맞았다.

"아저씨도 곽홍 문주와 서위 문주가 양보하는 것이니 낄 생각 말아요."

운허의 언두에 상만청은 고개를 끄덕였다.

다음 날이 되고 종남과 형산이 직접 십 장이 되는 공간의 비무장을 만들었다. 그래 봐야 말뚝만을 박아 안팎을 구분한 정도밖에는 되지 않았다.

비무장의 밖에는 각 파의 이들이 서로 나뉘어져 있었다.

그러나 대부분의 이는 종남파와 함께 온 다른 구파일방의 인사들에게 관심을 보였다. 이번 비무에 공증인으로 설 만큼 그들은 명망 있는 이들이었기 때문이다.

하지만 그중에서도 압권은 바로 방헌 대사였다.

전대 소림사 방장인 그는 가만히 있는 것만으로도 주변의 이목을 집중시켰다.

그가 자리에 일어났다.

"이번 감찰을 두고 일어난 네 개 문파의 분쟁을 해결하기 위한 비무의 공증인 대표로서 누구에게도 치우치지 않은 승패를 말할 것이오. 그에 이견이 있는 이들은 말을 해주시오."

그의 말에 다들 별말은 없었다.

무슨 이견이 있을까.

다른 의견이 없자 방헌 대사는 이번 비무에 있는 기본적인 사항을 말했다. 그의 입에서 나오는 것을 듣던 운허의 미간이 살짝 찌푸려졌다.

주변에서도 웅성거림이 커졌다.

방헌 대사가 언급한 규칙에서는 살인에 대해서 언급되지 않았다. 일반적으로는 살인을 금하거나 혹은 될 수 있으면 삼가하라는 말이 들어가 있다.

그러나 이번에는 달랐다.

살인에 대하여 언급이 되지 않았다는 것은, 누가 죽어도 아무런 제재가 없다는 뜻이었다.

[미안하네. 하지만 전해야 할 것이 있어. 최대한 아무런 낌새 없이 듣게.]

방헌 대사의 낮은 전음이 들렸다.

운허는 말없이 고개를 살짝 끄덕였다.

[무림맹주가 자리를 반납했네.]

‘그게 무슨?’

운허의 눈이 커졌다.

그는 혹시 방헌 대사가 무림맹주를 그 자리에서 끌어내린 것이 아닐까 하는 기대감이 들었다.

[그리고 그는 오늘 비무에 나올 것이네.]

그 말에 운허의 고개가 그도 모르게 조금 돌아갔다.

방헌 대사는 개의치 않고 이어서 전음을 보냈다.

[자네가 이전에 매화비총에서 유만이라는 자를 죽였다고 들었네. 삼백 년을 넘은 목내이 상태였다고 했지. 맞다면 고개를 끄덕여 주게.]

갑자기 그건 왜 다시 묻는 것일까.

하지만 그 이야기는 쉽게 믿을 수 없는 것이다.

운허는 그걸 이해했기에 조용히 고개를 끄덕였다.

[그자가 살아 있을 가능성이 있나?]

방헌 대사의 전음에 운허는 고개를 저었다.

왜 지금 그가 저런 것을 물어보는지가 의문이었다.

[무림맹주가 자신이 유만이라 했네.]

자신이 잘못 들었을까.

그게 아니면 단순히 이름만 같은 것일까.

[매화진인의 마지막 제자, 요광 유만. 그는 그렇게 자신을 소개했다네.]

"……."

운허는 그도 모르게 방헌 대사에게 고개를 완전히 돌렸다.

믿을 수 없었다.

도대체 이게 무슨 일인가.

[저 어린놈이 생각보다 입이 가벼워. 그렇지 않아?]

그때 그자의 음성이 귓가에 들렸다.

운허는 그 전음이 들린 곳으로 고개를 돌렸다.

종남파의 한가운데에서 암화주가 그를 보며 손을 흔들었다.

과연 그가 유만일까.

운허의 표정은 복잡해졌다.

[반갑군. 이제는 암화주가 아니라 유만이라고 불러줬으면 하는데.]

[정말로 네놈이 유만이라고?]

[그래. 추악한 껍데기를 버리고 나온 것이 나지.]

유만은 너무나 화사한 미소를 지었다.

운허는 그제야 그 미소가 매화비총에 보았던 반쪽의 미소와 너무나 흡사한 것을 느낄 수 있었다.

[네가 나가면 내가 나설 거야. 기대되지?]

유만은 운허를 보며 히죽 웃고 있었다. 그의 미소와는 상반되게 운허의 얼굴은 처참하게 구겨져 있었다. 분명 그와 싸우는 것은 언젠가는 해야 할 일이다. 그리고 얼마나 바라던 일이던가.

그러나 이게 유만이 직접 주도한 것이라면 다르다.

어떤 짓을 해놓았을지 모른다.

이번 싸움, 위험하다.

第九章
무림맹주

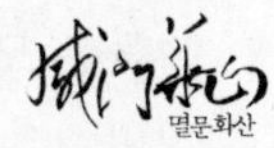

"왜 그래. 긴장했냐?"

굳어진 운허의 어깨에 유만이 손을 얹었다.

그가 힘을 주어 어깨를 만지자 운허가 귀찮은 듯 고개를 저었다.

"잠깐만요. 잠시만 내버려 두세요."

"아까 전에 방헌 대사를 보더니 이번에는 종남의 재수 없는 놈을 보는구나."

"…눈치 좋으시네요."

"모르는 놈이 병신이지. 네놈 주변에서 애써 참는 게다."

"그래요?"

그 말에 운허는 주변의 이들을 보았다.

그들은 모두 헛기침을 터뜨리며 운허에게서 시선을 돌렸다.

상만청은 개의치 않고 아직도 웃고 있는 유만에게 삿대질을 했다.

"하여튼 저기에서 재수 없게 웃는 놈은 누구냐. 별것 아닌 것 같은데."

"말 못 해요."

"어지간하면 이야기해라. 이제부터 목숨 걸고 있는 우리다. 죽기 전에 알 건 알고 가야지."

"그건……."

상만청의 말이 맞았다.

언제까지 비밀로 안고 갈 수는 없는 노릇이었다.

"살아나면 제대로 말해줄게요. 저놈이에요. 화산을 이 꼴로 만든 흑막이요."

"뭐? 저놈이? 저놈이 누군데?"

"죽지도 늙지도 않는 괴물요."

"너 장난하냐? 저게?"

"제가 장난하는 것 같아요?"

진지한 운허의 모습에 상만청의 입가에 웃음이 사라졌다.

그는 그제야 진지한 눈으로 유만을 보았다.

그러나 그것도 잠시 그는 한숨을 쉬며 고개를 저었다.

"난 아무것도 느껴지지 않는다."

"여기서 가장 강할 거예요. 저놈이요."

"방헌 대사보다?"

"방헌 대사도 그에게는 어린아이밖에 되지 않아요."

"……."

상만청의 얼굴이 굳어졌다.

잠자코 듣고 있던 운진이 물었다.

"운허야. 설마 그자가 있는 것이냐?"

"예. 그가 있어요. 조심해야 해요. 흑영도 같이 있을 거예요."

"복수의 시간이구나."

운진이 으스러질 듯 주먹을 쥐었다. 그건 운학도 마찬가지였다.

상만청의 몸에서 진득한 살기가 흘러나오기 시작했다.

"흑영? 어쨌든 나보다 강한 놈들이 나온다는 말이군. 좋다. 저놈은 언제 나오는 거냐."

그에 보기 드물게 운허가 인상을 썼다.

"제 겁니다. 양보 못 해요."

"호오, 보기 좋구나. 그러면 아쉬운 대로 먼저 나가야겠다."

"벌써요?"

"기선제압이다. 그리고 그전에 이 뜨거워진 몸을 식혀야겠구나."

상만청은 등에 맨 도를 바닥에 질질 끌며 앞으로 나섰다.

갑자기 그가 나선 것 때문일까.

종남과 형산에서는 약간의 소요가 일었다.

그들도 화산파에 관심이 있었다면 상만청에 대한 것을 모를 리가 없다. 화산파의 호법이 정식으로 된 이후부터 벌인 그의 활약상은 괄목할 정도의 것이었다. 특히 이미 무인으로서 끝물에 들어서는 나이임에도 더 성장했다는 것은 무시할 수 없었다.

누가 보아도 숨겨진 수가 있다는 뜻이기 때문이다.

실제로도 지금 화산파만이 아니라 속가문파 중에서도 그를 능가하는 이가 없으리라는 평이었다. 그래서 그가 맨 처음 나올 것이라고는 쉽게 생각하지 못한 것이다.

그러던 차에 형산파에서 형장춘이 나왔다.

형산파의 책임자인 그가 나올 줄은 운허로서도 의외였다.

둘을 자세히 살피던 운허의 표정은 썩 밝지 않았다.

그가 보기에 미세하게 형장춘이 더 강해 보였다. 둘 다 높은 경지임을 감안할 때, 그 작은 차이를 상만청이 감당하기란 요원한 일이라고 봐야만 했다.

“사형, 상만청 어르신이 이길 수 있을까요?”

“적어도 내가 알았던 야만도는 형장춘을 이길 수 없다.”

“…그런가요.”

“하지만 지금의 형장춘이라면 다르다. 그가 이긴다.”

“저 차이가 줄어들까요?”

원하던 답이 나왔음에도 운허는 그도 모르게 되물었다.

“기세와 경험의 차이다. 상만청이 반 수 정도 앞설 수 있다.”

“그렇군요. 역시 경험 차인가요.”

운진의 말을 운허는 진지하게 받아들였다.

상만청의 경험은 절대적이라고 해도 무방하다. 그리고 기세 또한 아무리 강한 상대를 만나도 주눅이 드는 경우가 없다.

그러나 형장춘은 어중이떠중이가 아니다.

현 형산파 장문인의 대제자다.

과연 그가 작은 경험 차이에 밀려날지는 모르는 일이었다.

비무대의 중앙에 서 있는 상만청에게 형장춘은 천천히 다가갔다.

"한낱 낭인 따위가 화산파의 호법이라니. 말할 필요도 없지."

그는 상만천을 보며 비아냥거렸다.

그러나 상만청은 흥분됨이 없이 받아쳤다.

"형산의 촌뜨기가 시끄럽군."

"…살아서 돌아갈 생각 따위 버려라."

"사내놈이 시끄럽긴. 입이 그렇게 가벼운 것을 보니 아랫도리도 가볍겠군. 와라. 불쌍한 네놈을 위해 삼 초를 양보하지."

상만청은 평소의 그답지 않게 거드름을 부렸다. 그에 호응하듯 화산파 쪽에서 웃음소리가 격하게 터져 나왔다. 이 반응을 보라는 듯이 양팔을 벌리며 가슴을 드러내는 상만청을 보며 형장춘은 얼굴을 붉히며 소리쳤다.

"머리가 잘려 나가도 떠드나 보자!"

단 한 걸음에 일 장의 거리가 좁혀든다.

　상만청은 두 눈을 부릅뜨고 있었음에도 형장춘의 움직임을 잠깐 놓치고 말았다. 형장춘은 그에게 바짝 붙어 있었다. 칼을 휘두르기에는 너무 가까워 권각을 쓸 것이 분명했다. 그 예상대로 형장춘이 일권을 내질렀다. 그의 호전적인 성격과 잘 어울리는 충산권(衝山拳)이었다. 그걸 확인한 상만청은 뒤로 물러남과 동시에 팔꿈치를 내려 일권을 막았다.

　바위와 바위가 부딪히는 큰 소리가 났다.

　뼈 중에서 가장 두꺼운 부분 중의 하나가 팔꿈치다.

　한 번 부딪히고 형장춘은 더 맞붙지 않고 불편한 표정으로 물러났다. 반대로 상만청의 입가에는 비릿한 미소가 머금어져 있었다.

　방금 전의 한 수로 피해 입은 것은 형장춘이었다.

　상만청이 방어를 하기 위해 팔꿈치를 내렸지만, 그 순간이 절묘해 주먹을 막은 것이 아니라 손등을 내려쳤기 때문이었다.

　"충산권, 좋은 권법이지. 네놈처럼 단순하기 그지없으니 말이다."

　그게 가능했던 것은 상만청이 예전에 충산권을 겪었기 때문이었다.

　충산권은 빠르고 강한 찌르기가 핵심인 권법이다. 단, 그에 다소 치중한 나머지 그 찌르기만 조심하면 견딜 만하다는 것이 상만청의 경험이었다. 이미 한 손에 도를 쥐고 있으면서 왜 가슴팍에 뛰어들었겠는가.

형장춘은 혀를 차며 쥐고 있던 도를 크게 휘두르며 나아갔
다.

선풍회류도(鮮風回流刀).

그가 형산파에서 도를 들게끔 만든 무공이었다. 천천히 휘
둘러지던 도의 궤적과 빠르기가 점점 강해지기 시작했다. 그
리고는 그대로 상만청을 후려쳤다.

그 일격이 얼마나 강했는지 두 손으로 막아낸 상만청의 다
리가 살짝 들렸다.

상만청이 자세를 제대로 잡기도 전에 이격이 날아왔다. 한
번 더 받아내기 힘든 것을 알고 있는 그가 황급히 뒤로 물러났
다. 칼에 베이지 않았음에도 검풍에 가슴팍의 옷깃이 걸레처
럼 찢겨 나갔다.

"이제 봐주는 건 없다, 애송이!"

다시 세 번째가 날아오자 이번에는 상만청 또한 물러나지
않았다.

야만십칠도는 물러남이 없어야 한다.

그게 부나방처럼 보여 찢기고 부서져도 나아가는 무공이다.

두 사람의 도가 몇 번이고 부딪혔다.

벼락이 땅에 꽂히는 것 같은 굉음에 비무대 주변의 이들이
황급히 귀를 막아야 할 정도였다.

하지만 정작 두 사람은 멈추지 않았다.

두 눈에 핏발이 서고 칼을 쥔 팔이 터질 듯 부풀어 올랐다.

그러나 끝까지 물러섬이 없었다.

선풍회류도가 어떤 것이던가.

형산파에서도 도법은 몇 개 없다.

그러나 형산의 무공 중 수위를 다툴 만한 강력한 무공이 선풍회류도였다. 끝없이 회전하듯 휘둘러지는 일격이 반복될수록 그 궤적이 커지며 실리는 힘 또한 점점 강해져 간다.

처음에 일격을 버텼어도 몇 차례 반복되면 무너질 수밖에 없었다.

그런데 견디고 있다.

상만청을 제대로 모르는 형산의 이들은 당황할 수밖에 없었다. 그리고 그 동요는 형장춘에게도 그대로 스며들고 있었다.

'왜! 어째서!'

섬서를 대표하는 도객 중 하나가 상만청이다.

그러나 형장춘은 그보다 더 윗줄에 있다는 것이 세간의 평이었다.

그건 당연한 것이다.

겨우 일개 낭인 따위다.

화산파의 호법이 되었다고 해도 놀랍지 않았다.

사실상 다 무너진 문파였으니까.

그런 자로서는 형산파 장문인의 제자인 자신을 감당하지 못하리라 생각했다.

하지만 지금 상황이 미묘해져 갔다.

처음에 버티지 못하고 비틀거리던 상만청이다.

그런데 뒤로 갈수록 강해지는 선풍회류도를 오히려 견디고

있다. 막아내기만 하던 것을 오히려 간간이 반격마저 할 정도
까지 되어버렸다.

"좋다. 아주 좋아!"

입을 꽉 다문 형장춘과 달리 상만청의 입가에서는 굉소가
터져 나왔다.

형장춘의 일격은 하나하나가 묵직하다.

이건 칼질이 아니라 망치로 후려치는 것 같았다.

칼을 쥔 손아귀가 얼얼하고 팔이 떨어져 나갈 것 같다.

그런데 그 위력이 점점 더 강해졌다.

그 흔들림 속에서 오히려 몸이 버티기 시작했다.

그 폭풍 같은 휘몰아침 속에서 그의 칼이 번뜩이고 있었다.

"큭!"

그리고 처음 상만청의 일도가 형장춘의 어깨를 훑었다.

옅은 상처였지만 잘못했다면 쇄골이 부서질 뻔한 아찔한 순
간이었다.

하지만 형장춘은 물러나지 않았다.

선풍회류도의 공격은 끊어지면 안 된다.

그러면 처음과 같은 위력으로 떨어지게 되이 있다.

절대 흐름이 끊어져서는 안 되는 무공이었다. 그런데 상만
청의 칼은 점점 더 흉포하게 바뀌고 있었다.

상만청이 그럼에도 불구하고 막아내는 이유는 간단했다.

지금이 비무였기 때문이다.

서로 죽여도 되는 것임에도 형장춘은 철저하게 급소를 피하

고 있었다. 이때까지의 비무에서 상대방을 죽일 정도로 독한 수를 쓴 적이 없기에 나온 습관이라고 봐야 했다.

어차피 위험한 곳은 오지 않는다.

그러면 버티면 된다.

어디로 올 줄 아는 공격이라면 이를 악물고 버틸 수 있다.

하지만 상만청은 어떠한가.

그는 비무라고 해도 적을 죽이겠다는 마음가짐으로 싸우는 이다.

상대를 죽이지 못하면 자신이 죽는 삶을 살아와서다.

그 차이가 점점 실력을 넘어서기 시작했다.

형장춘이 향해 칼을 휘두르기 전, 상만청의 도가 먼저 그를 향해 비집고 들어왔다.

평범한 찌르기임에도 칼끝은 그의 눈을 향해 찔러오고 있었다.

형장춘은 놀라 고개를 돌렸다. 분명히 피했다고 여겼으나 섬뜩한 느낌과 함께 목덜미가 축축해지기 시작했다. 피다. 피가 흐르고 있다.

"…닿았다고?"

형장춘의 얼굴이 굳어졌다.

상처의 깊이가 결코 옅지 않았다.

혈관을 잘못 건드렸는지 점혈을 해도 피가 멈추지 않았다.

만약 고개를 돌리지 않았다면 죽었을지도 모르는 일이다. 그걸 새삼 떠올리자 점점 등골이 서늘해졌다.

다시 상만청의 검이 휘둘러 왔다.

형장춘은 더 이상 선풍회류도를 사용할 수 있는 여유가 없었다. 목의 피가 멈추지 않는 이상 최대한 움직임을 적게 해야만 했다.

그의 재빠른 대처에 상만청의 칼날은 닿지 않았다.

그러나 복부의 옷깃이 갈라지며 피가 흘렀다.

종이 한 장 차이로 빗나갔어야 했다.

그런데 또다시 상처가 생겼다.

"설마……."

형장춘의 안색이 창백해졌다.

도기다.

그조차도 바로 알아차리지 못할 정도로 짧은 순간에 도기를 끌어낸 것이다.

"알아차려도 늦었어."

상만청은 무게를 실어 크게 도를 내려찍었다.

형장춘은 피할 수 없어 검을 들어 올려 일격을 막았다. 목의 상처가 벌어지며 점점 이지러워지기 시작했다. 비틀거리는 그의 다리를 상만청이 걸어찼다. 그러자 형장춘은 버티지 못하고 무너졌다.

"뒈질래. 아니면 끝낼래."

"……."

형장춘의 안색이 창백해졌다.

하지만 그는 말없이 두 눈을 감았다.

“흥, 끝은 마음에 드는군.”

뒤늦게나마 죽을 각오를 해서였을까.

상만청은 방헌 대사를 보았다. 그에 방헌 대사가 고개를 끄덕이자 화산파 쪽에서 격한 함성 소리가 터져 나왔다. 그걸 만끽하며 상만청은 손에 쥔 도를 하늘 높이 치켜들며 돌아왔다.

“봤냐? 저따위 애송이는 한입거리지!”

힘든 승리에 만족한 상만청의 잔뜩 흥분한 상태였다.

“워워. 일단 상처나 치료해요. 지금 운학 사형 나간단 말이에요.”

그의 흥분을 가라앉히며 운허는 앞으로 나가는 운학을 보았다.

그는 한 자루의 검을 들고 앞에 있었다.

그리고 형산의 무인들 틈 사이로 흑의로 온몸을 둘러싼 상대가 나타났다.

“흑영!”

운허는 그를 알아차렸다.

그와 마주선 운학 또한 굳은 얼굴로 검을 들어 올렸다.

“사형, 안 돼요. 돌아와요!”

운허는 운학을 잘 알고 있다.

흑영은 강하다.

그는 굳이 화산파 무공의 파훼법을 펼치지 않더라도 운허도 이길 수 있다 장담하기 어려운 고수였다.

그러나 운학은 아니다.

그는 아직 흑영에게 이길 수 없다. 운허처럼 수많은 화산파의 무공에 통달하지 않는다면, 흑영 앞에서 화산파의 무공을 사용해서는 안 되는 일이다.

이건 포기해야 한다.

서로 간의 죽음이 허용된 비무다.

흑영이 운학을 살려둘 리가 없다.

그걸 지켜보던 운진이 운허의 어깨를 잡았다. 뛰쳐나가려던 운허의 한쪽 어깨가 붙잡혀 앞으로 나아가지 못했다.

"그만해. 너 뭐하는 짓이야."

"운진 사형! 말려야 해요. 흑영과 싸우면 위험해요!"

"어차피 누구 하나는 저놈과 싸워야 해. 잊은 것이냐?"

"저놈과 싸우면 운학 사형은……."

"저 녀석의 몫이다. 그리고 나는 그 선택을 존중한다. 반대의 경우라도 그랬겠지."

운진의 목소리는 작았지만 힘이 실려 있었다.

"하지만……."

운허는 아랫입술을 질끈 깨물었다.

그때였다.

흑영도 검을 빼 들어 올렸다.

운학의 검끝이 흑영을 가리켰다.

"오랜만이군, 흑영."

“고맙다.”

“무엇이?”

“네놈 덕분에 자유를 얻게 되었으니.”

도대체 무슨 말일까.

운학이 의문을 표하기도 전에 흑영이 검을 빼 들었다. 그의 동작은 운학과 한 치의 오차도 없이 같았다.

하지만 새삼스레 놀랄 것은 없다.

단 일 초다.

이 한 번으로 모든 것을 끝낸다.

운학은 모든 것을 끌어올리며 달려들었다. 푸르스름한 검기가 검에 맺혀 나왔다. 마주선 흑영의 검에는 그와는 달리 선명한 검강이 서렸다.

둘의 깨달음의 차이는 절대적이다.

'하지만……'

그래서 어쩌란 말인가.

이미 이곳은 물러날 수도, 돌아갈 수도 없다.

'죽음으로 죄를 청산한다.'

화산에 수많은 죄를 지은 몸.

만약 이 모든 것을 건 한 번으로 모든 것을 갚는다면, 그보다 속 시원한 것은 없을 것이다.

그와 흑영의 몸이 스쳐 지나갔다.

찰나의 순간.

운학은 거친 숨을 내쉬었다. 목 끝까지 차올랐던 수많은 고민이 흩어져 가는 듯했다. 그리고는 천천히 고개를 돌렸다. 손에 분명히 느낌이 있었다. 베었다. 그의 검이 흑영의 몸을 베어낸 감각이 선명했다.

두 발로 선 그와는 달리 흑영은 한쪽 무릎을 끓고 있다. 그리고 그의 허리에서는 핏물이 조금씩 흘러나오고 있었다.

"사형, 그리고 사제."

운학은 처음과 달리 화사한 미소를 지었다.

그를 보고 있는 운진과 운허의 눈에서는 눈물이 글썽거렸다.

"미안. 먼저 갈게."

그리고 숨이 막혀온다.

눈앞이 점점 어지러워지며 그는 두 눈을 감았다.

운허는 눈앞의 광경을 믿을 수 없었다.

운학이 등지고 싸우는 탓에 검이 스치는 장면을 제대로 볼 수 없었다. 다만, 흑영이 무릎을 끓고 운학이 서 있는 것에 기뻐했을 뿐이다.

그러나 곧 그 기대는 산산이 무너졌다.

환하게 웃으며 무어라 중얼거리는 운학의 어깨에서 피가 뿜어져 나왔다. 손에 쥐고 있던 검이 바닥에 떨어지며 어깨가 천천히 갈라지기 시작했다. 그 상처는 깊었다. 쇄골을 지나 가슴뼈, 종내에는 단전까지 갈라 버렸다.

그리고 운학의 몸은 뒤로 천천히 무너졌다.

그걸 보며 운허는 아무런 반응을 할 수 없었다.

흑영이 운학의 시신을 품에 안은 채로 운허와 운진의 앞에 내려놓았다. 그저 넋을 놓은 채로 멍하니 있던 운허도 그 광경을 보자 그에게 달려들려고 했다.

그러자 상만청이 그를 잡았다.

"놔요! 저놈이 죽였다고요. 내 태상조를, 내 사질들을, 그리고 내 사형을 죽였다고!"

"가만히 있어라. 가만히!"

"놓으라니까!"

운허는 상만청을 뿌리쳤다.

평소라면 몰라도 상처 입고 지친 그로서는 흥분한 상태의 운허를 막을 수 없었다.

그러나 그런 운허의 앞을 운진이 가로막았다.

"물러나라, 운허."

"운진 사형!"

"멈춰."

"하지만 운학 사형이……."

"세 번째는 나다. 그러니 가만히 있어."

"……."

싸늘하기 그지없는 목소리에 냉담한 표정.

그러나 그의 어깨는 가늘게 떨려오고 있었다.

"그리고 네놈도 꺼져라."

"잠시 실례하지."

흑영은 운진을 지나쳤다.

속가삼대문파와 매화검문의 무인들은 모두 귀신에라도 홀린 것처럼 다가오는 그에게서 주춤주춤 물러났다.

그가 걸어가고 있는 곳은 표주한 장로의 앞이었다.

화산파의 제자들은 덜덜 떨면서도 그의 주변을 지켰다.

표주한은 그들을 뒤로하고 흑영에게 다가갔다.

"미안하다. 지키지 못했다."

무뚝뚝한 목소리.

그러나 너무나 그리운 것이기에 표주한은 눈물이 핑 돌았다. 다시금 볼 수 있으리라 믿은 적이 없었다. 그가 무어라 말을 하려고 했지만 흑영은 그대로 돌아가 버렸다.

표주한은 멍하니 그 뒷모습만 바라보았다.

"형."

얼마 만에 불러보는 호칭이던가.

흑영의 모습이 점점 멀어지며 표주한은 두 눈을 질끈 감았다.

흑영이 돌아오자 종남에서 도윤이 앞으로 나왔다.

그는 운학의 피가 채 마르지 않은 곳 앞에 멈추어 운허를 바라보았다.

하지만 운허는 나갈 수 없었다.

도윤이 나왔다는 것은 마지막이 유만이란 뜻이다.

마지막에 나온다는 말을 지키지 못할 정도면, 뒤에서 무슨 말이 오갔음은 분명했다.

운허는 운학을 걱정스런 눈으로 보았다.

방금 전, 운학의 죽음을 두 눈으로 보고야 말았다.

그런데 아무렇지가 않을 리가 없다.

"사형보다 모자라지는 않을 거예요."

"알고 있다."

"검은요?"

"저곳에 있다."

운진은 운학이 쓰러지면서 떨어뜨렸던 검 쪽을 가리켰다. 그 검이 자신의 발치에 있기에 도윤은 기꺼이 그걸 들어서 건네주려고 허리를 숙였다.

"그만. 네가 만질 만한 싸구려가 아니다."

"도발하는 것이오? 미안하지만 사제가 죽었다고 그대를 봐줄 생각은 없소."

"그렇게 해라. 나도 살려둘 마음은 없으니."

"오만방자하군. 과거 화산의 매화검수도 지금의 종남오검에 비하면 모자랄 터. 그런데 그대가 나를 이길 수 있으리라 보시오?"

어처구니없어 하는 도윤의 반응에도 불구하고 운진은 조용히 운학의 검을 들어 올렸다. 끈적끈적한 피와 모래가 엉겨 붙은 손잡이가 손에 달라붙었다.

"그래서 입문무공밖에 못하는 어린아이한테 졌었나?"

운진은 그를 비웃으며 오라는 듯 손을 까딱였다.

도윤은 얼굴을 붉히며 달려들었다.

그는 검을 뽑지 않고 어렸을 때 운허에게 펼쳤던 도봉수를 펼쳤다. 이미 그때로부터 오랜 세월이 지났다. 이전에는 도봉수를 외운 대로만 펼쳤다면, 지금은 그의 가벼운 손짓에 도봉수의 정수가 담겨 있었다.

운진은 대청검법으로 그에 맞섰다.

처음부터 서로를 대우해 주는 것 따위는 없었다.

이미 바닥은 피로 적셔졌다.

그들은 처음부터 전력을 다하고 있었다.

[누가 이길 것 같아?]

유만의 전음이 다시 머리를 울렸다.

운허는 살기 넘치는 눈으로 그를 쳐다보았다. 그는 여전히 여유가 넘치는 모습이었다.

[내기하지. 여흥이야.]

[목적이 뭐지? 도대체 왜 이떤 짓을 했지?]

[아, 내기에서 이기넌 가르쳐 주지.]

[어차피 사형이 이겨.]

[성밀로? 과연 그럴까?]

유만은 마치 약을 올리듯 키득거렸다.

[무슨 짓을 한 거지?]

[둘은 호각이지. 그런데 말이야. 도윤이 화산파 무공의 파훼법을 알고 있다면? 운진이 가장 자신 있는 대청검법과 매화검

법의 파훼법을 알고 있다면 어떻게 될 것 같아, 응?]

그 말에 운허는 등골이 식은땀이 흘렀다.

필패다.

도윤의 실력은 종남오검 중의 압도적인 선두가 맞다.

그리고 그 실력은 냉정히 말해 운진이 목숨을 걸어야 이길 수 있을 정도다.

그런데 도윤이 유만의 말대로 파훼법을 알고 있다면.

그러면 진다.

상대가 어떤 공격을 할 것인지 뻔히 아는데 질 리가 없다.

'알려야 하나?'

운허는 순간 갈등했다.

이건 운진도 알고 있어야 했다.

이대로 싸운다면 운진도 운학처럼 죽을지도 모른다.

하지만 둘의 격전은 숨이 막힐 정도다. 그게 문제였다. 그 찰나에 조금이라도 방해 요소가 들어가면 안 된다. 집중이 조금만 흐트러진다면 도윤이 화산파 무공의 파훼법을 상대가 알고 있는 것보다도 더 위험했다.

[왜 그래? 알려줘야지. 저러다가 소중한 사형이 또 죽는다?]

흔들리는 운허의 표정을 보며 유만은 재미있는 놀잇감을 보는 듯 대했다.

하지만 운허는 쉽게 말문을 열지 못했다.

지금도 치열한 공방전을 펼치다가 운진이 위태롭게 흔들렸다.

그러나 그걸 보며 운허는 퍼뜩 정신을 차렸다.

도윤이 이 비무를 오래 끌고 싶어 할 리가 없을 것이다.

유만이 파훼법을 가르쳐 주었다면 그가 아예 그걸 사용하지 않을 리가 없다. 만약 알고 있더라도 쓰기가 싫다고 하더라도 알게 모르게 신경이 쓰일 수밖에 없다. 그러면 오히려 더 집중을 하지 못해 손발이 어지러울 가능성이 높다.

그러나 도윤에게서는 그러한 기색이 없다.

처음부터 지금까지 모든 것을 운진에게만 집중하고 있었다.

다른 것을 신경 쓰지 않고 있다.

그 말은 도윤이 파훼법을 모르고 있다고 여길 수 있었다.

[아, 들켰네. 눈치는 빨라졌구나.]

운허의 표정이 침착해지자 유만은 곧 그가 깨달았음을 알아차렸다. 그게 얼마나 짜증이 났는지 운허는 이만 갈며 그를 애써 무시했다.

운진과 도윤.

그들의 격전은 끝이 없이 이어지고 있었다.

유만은 점점 따분한 표정을 감추지 못하며 종종 운허에게 전음을 보냈다.

그러나 운허는 그에게 어떤 신경도 쓰지 않았다.

그는 눈앞의 싸움을 조금도 놓치고 싶지가 않았다.

第十章
매화진경

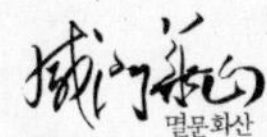

격전은 반 시진 동안 이어졌다.

운진도 도윤도 전력을 다했기에 두 사람은 제대로 서기도 버거워 보였다.

누구도 눈을 뗄 수 없었다.

두 사람은 이미 망신칭이었다.

그러나 멈추지 않고 상대를 향해 공격을 할 뿐이었다.

처음 김을 들었던 운진의 손은 비어 있고, 반대로 도윤은 검을 뽑아든 상태였다.

이미 둘의 싸움은 뒷골목 싸움으로 변해갔다.

서로 엎치락뒤치락하며 주먹과 발길질을 하고 있었다.

그러던 차에 방헌 대시가 다른 이들과 눈빛을 주고받았다.

“그만. 이번 비무는 무승부로 하겠소.”

그 말에 운진과 도윤은 반발하려고 했으나 그럴 힘도 없어서 뒤로 물러나야만 했다.

비무대가 비자 유만은 기다렸다는 듯 앞으로 나왔다.

그와 마주하는 운허 또한 굳은 얼굴로 다가갔다.

“기다리느라 심심했어. 이게 얼마나 기대하던 순간이었는데.”

운허를 보며 유만은 싱긋 웃었다.

그러나 아무런 말없이 운허는 유만에게 손을 뻗었다.

그가 줄곧 써오던 성파장이었다.

파공성과 함께 유만의 옷자락이 흔들렸다.

“호오, 이게 그건가? 성파장?”

“인사 대신이다. 다음에는 네놈 머리야.”

“곱게 빗은 머리야. 흐트러뜨릴 필요는 없는데.”

“그럼 입 닥치고 막아보든가.”

운허는 양손을 몇 번이고 흔들었다.

몇 번이고 중첩된 채로 쏟아지는 성파장의 소리가 귀가 아프게 들려왔다.

유만은 그저 환하게 웃었다.

그의 머리카락이 살짝 흔들릴 뿐, 어떤 징후도 없었다.

“너 설마……”

운허는 그게 무엇인지 감을 잡았다.

성파장이 유만의 몸에 부딪히려는 순간, 수면이 흔들리는 것처럼 유만의 몸이 흐리게 보였기 때문이다.

"기의 막인가?"

"아니. 그저 흩어지라고 생각했을 뿐."

유만은 검지로 머리를 툭툭 건드리며 웃어 보였다.

'설마.'

뜻하는 대로 이루어진다는 것인가.

운허는 유만의 말이 거짓이 아니라는 것을 알았다. 이미 삼백년을 넘게 살아온 괴물이다. 온전한 신선이 아니라고 하여도 그것이 어떤 것임을 알고 있는 자다.

"제길. 무공 수준이 아니잖아."

운허는 혀를 찼다.

하지만 그렇다고 물러날 수는 없는 노릇이다.

"와라. 너의 오래된 어리광을 받아주지."

유만의 당당함은 오만스러워 보였다.

그러나 운허는 그게 헛되이 보이지 않았다.

그는 먼저 유만의 다리를 긴이차려고 했다.

유만은 옆으로 몸을 돌려 피하고는 손등으로 운허의 오금을 후려쳤다.

"특!"

다리의 뻐근한 고통에 무릎까지 부서질 것 같다.

운허가 주춤하자 그의 복부로 유만이 짧게 두 번의 주먹을 내질렀다. 그 충격을 버티지 못하고 운허는 볼썽사납게 뒤로 나뒹굴었다.

그 가벼운 주먹이 마치 쇠로 된 것만 같았다.

피륙의 상처가 아니라 갈비뼈가 부서질 것처럼 아려왔다.

하지만 곧 일어나 다시 한 번 유만에게 달려들었다.

그가 주먹을 뻗자마자 유만은 그를 바닥에 내던져 버렸다.

이번에는 바닥에 등이 닿기도 전에 자세를 갖춘 운허는 바로 검에 손을 뻗었다.

그러나 검을 뽑을 수 없었다.

검 손잡이의 끝을 유만이 발로 막아둔 것이다.

"아직 아니지. 벌써 죽으려고?"

유만이 비아냥거리며 그대로 발을 밀어버렸다. 어떻게든 운허는 검을 뽑으려고 했다. 그러자 검집과 함께 검격이 부서져 버렸다. 이윽고 검이 그대로 바닥에 깊숙이 박혀 버렸다. 그리고는 유만이 발을 들어 올려 운허의 턱을 걷어찼다.

운허는 얼른 검을 놓으며 몸을 뒤로 눕혔다.

유만의 발끝이 턱을 슬쩍 스쳤다.

그는 다시 허리를 펴며 죽엽수로 유만의 전신을 베어나갔다.

하지만 그의 손은 유만에게 닿지 않았다.

유만의 몸이 흐릿해지며 사라졌다.

그의 기척은 운허의 등 뒤에 나타났다. 화산환보. 유만이 당연히 화산의 무공을 쓸 것이라 예상했던 운허였지만, 적잖게 당황할 수밖에 없었다.

그의 등판을 유만이 복호권으로 후려쳤다. 정확하게 후려친 일격에 운허는 등뼈가 박살 나는 것 같은 느낌이 들었다. 사지가 흔들려 제대로 일어서는 것조차도 힘들 정도였다.

그러나 시선의 아래에 굳어버린 핏자국이 있다.

운학이 죽은 자리.

운허는 이를 악물었다.

이대로 끝까지 농락당할지라도 포기할 수 없다.

운허는 자하신공을 끌어올렸다.

그의 몸에서 자색의 광채가 비추어지자 유만도 만족스런 미소를 지었다.

"좋아. 훌륭한 자세야. 역시 화산파의 장문인이라고 불러야 하겠지?"

그리고 유만의 몸에서도 같은 광채가 비추어졌다.

주변은 혼돈에 빠졌다.

자하신공은 대대로 화산파의 장문인만에게만 전수되는 무공이다. 유만의 정체를 모르는 이들은 그가 자하신공을 익힌 것만으로도 경악할 수밖에 없다.

"하지만 나와 사형들이 직접 분류한 무공이야. 나한테 쓸모가 없지."

유만의 말대로다.

화산의 무공들은 매화진인의 것을 그의 일곱 제자가 자신들이 익힐 수 있게 분류한 것에 지나지 않다. 그리고 그 일곱 제자 중 마지막이 유만이다.

홀로 매화비총에 남아 매화진인이 닿았던 경지까지 이루려고 했던 이다.

그러나 운허가 아는 무공은 화산의 것뿐이다.

다른 선택 사항이 없었다.

운허는 그에게서 멀리 떨어지며 뒤로 손을 뻗었다. 땅바닥에 꽂혀 있던 검이 스스로 뽑혀 올리며 그의 손에 잡혔다.

"호오, 허공섭물인가. 제법이군."

그걸 보며 유만은 눈을 빛냈다.

그 또한 가만히 손바닥을 펼치자 검집에 있던 검이 스스로 뽑혀 나와 손에 쥐어졌다.

"하지만 불안정해. 깨달음이 뒷받침되지 않았어. 내공이 많을 뿐이야. 어째서지? 그럴 그릇이 아니었는데."

유만은 차가운 눈으로 운허를 살폈다. 그의 지적에 운허의 이마에 식은땀이 흘렀다. 매화비총에 있던 그의 반쪽이 운허의 몸을 차지하려고 하다 실패할 때, 그 내공의 일부가 운허의 몸에 스며들었다. 그 때문에 운허는 몸이 버티지 못할 정도로 비약적인 내공을 얻게 되었기 때문이다.

"왜 내 손을 빌려야만 했지?"

무언가 필요하다.

운허는 문득 그런 느낌이 들었다.

그와 유만에게는 절대적인 차이가 있다. 그건 단순히 세월이 아니라 압도적인 깨달음의 차이였다.

운허의 뻔히 보이는 시간 끌기에도 유만은 대수롭지 않게 여겼다. 이미 그에게 지금 상황 자체가 하나의 여흥에 불과할

뿐이었다.

"깨달음을 얻었으나 불안정했다. 그렇다면 무엇이 문제였을까."

"너의 깨달음이 아니었겠지."

"정답! 매화진경의 깨달음이었지. 내가 이렇게 되었던 것은."

"매화진경은 없었을 텐데."

"없다고? 그게 있기에 내가 이곳에 있는데도?"

역시 그는 매화진인의 음성을 모르고 있다.

운허는 그 사실에 주목했다.

"없었을 텐데?"

"지금은 없었겠지."

그의 말에서 운허는 이상함을 느꼈다.

매화진경. 정말로 그게 있었다면 유만은 도대체 무엇을 그것이라 여겼을까. 그러면 매화진인의 목소리는 단순한 환청에 불과했던 것일까.

"매화진경은 세상에 없지. 그저 매화진인의 단순한 일기에 지나지 않아."

"세상에 있었다고?"

"일기일 뿐이지. 그러나 매화진인의 하루하루 깨달음이 적힌 것이니, 그 이름에 부족함이 없지. 난 그가 아님에도 반선(半仙)이 되었으니까."

그는 스스로 반선에 올랐다고 자부했다.

둘만의 대화였으나 몇몇의 고수에게는 들릴 만한 대화였다.

그들은 웅성거리기 시작했다.

매화진인과 매화진경. 그리고 반선이라 자부하는 유만.

모두 다 지어낸 이야기만 같다.

그러나 눈앞에 존재하는 것은 모두 사실이다.

"반선이라. 그래서 매화비총에……."

"그래. 인간이었던 내 껍질일 뿐이지. 부족하고 모자란 내가 있지."

"그걸 내 손으로 처리해야만 했나?"

"아무리 등선의 경지에 올랐다고는 하나 죄가 크다면 하늘의 문은 열리지 않지. 내가 내 껍데기를 죽이는 것은 그야말로 자살하는 것과도 같다. 그러면 내가 반선이 아니라 신선의 경지에 올라도 선계에 닿을 수 없지."

"가만히 두어도 죽었을 터였는데. 왜 매영을 보냈지?"

그게 바로 운허의 의문점이었다.

왜 매화비총에 매영을 꾸준히 보냈을까. 자신의 반쪽을 죽이려는 것이면 매영을 보내지 말아야 했다. 매영이 없었다면 그의 반쪽은 진즉 죽었을 터였다.

"아아, 그것 말인가."

유만의 표정은 아련해졌다.

매화진경이 있었다고는 하나 하늘의 도움이 닿아 신선의 경지를 엿볼 수 있었다.

그러나 그뿐이다.

그의 몸은 신선이 되어가다 끝나 버렸다.

하늘은 그를 원하지 않았다.

무엇이 문제였다.

어떤 것이 잘못된 것이었던가.

똑같은 깨달음은 하나만이 허락되는 것인가.

매화비총 안에 반쪽을 놓아둔 때, 그는 자신을 허락하지 않는 하늘을 저주하고 원망했다.

그러나 그는 곧 길을 발견했다.

그와 매화진인과의 가장 큰 차이점이 있다.

바로 태생이다.

한낱 무지렁이 농부였던 매화진인과는 달리 그는 처음부터 너무 부유하고 재능이 많았다.

"매화진경의 마지막에 적혀 있었지. 평범한 인간의 삶을 알기에 이룰 수가 있었다고. 그래, 난 그게 부족했다 이거지. 내가 겪지 못한 경험을 누군가 겪어야 했어. 반선이 되며 껍데기를 매화비총에 벗어두니 확실하게 길이 보이더군. 난 이미 인간이 아닌 몸이 되었는데, 그 경험을 헤아 하니 어떻게 해야 할까."

"너 설마……."

"평범한 사람은 모든 것을 잃지. 그래, 난 잃어야 했어. 하지만 난 이미 잃을 수 없는 몸이지. 누군가가 겪어야 했지. 그걸 지켜봐야만 했어."

"네놈 따위가 매화진인의 제자라니!"

운허는 치가 떨렸다.

만약 매화진인에게 지독한 복수심이라도 있었다면 모를까, 그저 자신의 깨달음 하나를 위해서 어떻게 화산을 이 꼴로 만들었단 말인가.

왜 매화진인은 이런 자를 제자로 들였을까.

운허는 그게 어처구니가 없을 뿐이었다.

"그래서 좋았나? 화산을 무너뜨리고 이 꼴로 만든 것을 보며 행복했나? 그래서 뭘 더 깨달았다는 거냐!"

그는 참지 못해 유만에게 달려들었다.

자색의 매화가 허공에 그려지며 유만의 몸에게로 쏟아졌다.

그러나 유만의 검 또한 가만히 있지 않았다.

그의 표풍검법은 바람처럼 매화를 흩어버리며 운허의 몸을 베어나갔다.

운허의 몸 이곳저곳에 상처가 생겨났다.

이때까지 반격만을 하던 유만이 공세를 취하기 시작했다.

그러자 운허는 일방적으로 밀려났다.

검을 한 번 맞대는 것만으로도 몸이 크게 휘청거렸고, 그것조차 버거워 피하려고 해도 검은 몸을 훑고 지나가 상처를 남겼다.

"이백 년, 가까이 지켜보기만 했지. 그래도 참고 기다렸어. 그러나 결국 지쳤지. 그리고 깨달아 버렸어. 그냥 위기감만 조성하며 지켜보는 것에 한계가 있음을. 그래서 방도가 필요했어. 내가 직접 겪어야 하는 거야. 정말 무언가를 잃는 것을 느껴봐야만 하는 거지."

그 말과 함께 두 사람의 검이 부딪혔다.

운허는 조금씩이지만 그에게 버텨내고 있었다.

"그래서 사백에게 고독을 쓴 거였나? 비록원의 이들을 개처럼 부리고 화산을 농락한 거였나?

스스로 눈앞에서 자결하던 명종이 떠올랐다.

장난기 가득하던 그가 죄를 잊지 못하고 초라하게 늙어 자결하던 것이 머릿속에 남아 있다.

"아아, 고독을 심어줬더니 자살하기는 무서워서 어떻게든 토하려고 했던 얼간이?"

그 비아냥거림을 듣는 순간, 운허의 몸이 부르르 떨렸다.

"네놈이 모욕할 분이 아니야!"

"그래도 네놈 사부보다는 낫지. 멍청한 제자 때문에 한쪽 팔과 눈을 잃고, 마지막에는 그 얼간이한테 그대로 목숨을 내줬으니. 그 사부에 그 제자겠군."

그리고 유만이 녕현을 언급히는 순간, 운허의 얼굴이 붉게 달아올랐다. 아버지로 부르겠다는 명현과의 약속을 위해 버티고 버텼다.

매화비총으로 들어가는 자신을 기다린다는 수많은 이의 목소리는 아직도 머리에 남아 있다.

운허에게는 너무나 소중한 추억들이었다.

외롭고 고통스러운 시간에서 자신을 지탱해 준 기둥이었다.

"죽인다. 네놈은 죽인다!"

거짓말처럼 화가 치밀어 올랐다. 버티는 것만으로도 고작이었건만, 그의 힘에 유만이 오히려 밀려났다. 거리가 벌어지자 운허는 검을 휘두르는 척하고 어깨로 그를 들이받았다.

의외로 유만은 그대로 운허의 공격을 허용했다.

"누구처럼. 네놈의 사부? 아니면 좀 전에 죽은 네놈의 사형?"

유만이 언급할 때마다 운허는 피가 거꾸로 도는 기분이었다.

"입 닥쳐! 화산을 멸문시켜서 얻었나? 아무것도 얻지 못했으니 여기에 있을 텐데. 넌 늦었어. 네놈 따위는 다시는 등선할 수 없을 것이다!"

두 사람의 검이 다시 한 번 부딪혔다.

마주한 검 너머로 유만의 얼굴이 보인다. 그것만으로도 운허는 속이 울렁였다.

저 얄미운 얼굴에 주먹을 날리고 싶다.

그러나 검을 맞댄 지금 다른 여유 따위는 없다.

"괜찮아. 지금 할 거니까."

"…뭐?"

"왜 내가 너를 기다렸을까. 응? 왜 굳이 네가 나오기를 기다렸을까. 왜 다른 매영이 아니라 네가 나올 때를 맞추어서 화산을 멸문시키고 이렇게 기다렸을 것 같나."

다시 유만의 검이 무거워지기 시작했다.

검을 맞대고 있던 운허의 몸이 그대로 주욱 밀려나기 시작했다. 검을 쥐고 있는 손이 목에 붙어지고 검날이 볼살을 파고들었다.

"네놈이 결국 신선이 될 놈이니까."

그 말에 운허도 소스라치게 놀랐다.

도대체 유만은 무슨 말을 하려는 것일까.

"천기가 너를 향하고 있다. 화산의 멸문과 소중한 사람의 죽음. 그 모든 것을 잃는 경험을 할수록 네놈의 기운이 넘실거렸지. 그래, 마치 내가 반선이 될 때처럼!"

유만이 맞댄 검을 그대로 휘둘렀다. 운허는 버티지 못하고 뒤로 나뒹굴었다.

"너의 이름을 아는 자로서 명한다. 와라, 홍몽."

"…윽!"

운허의 얼굴이 굳어졌다.

지금의 상황을 그가 모를 리가 없었다.

매화비총에서 유만의 반쪽 또한 이러했다. 운허의 본명을 부르고 그의 몸을 차지하려고 했나.

그래, 그 방법이면 가능하다.

운허가 겪은 극도의 슬픔과 혼란을 가져간다면 그가 깨달음을 얻을 가능성이 있었다.

"크… 으윽……!"

운허는 필사적으로 저항했다.

그때는 상처를 입기 전까지 성취가 낮았던 자하신공을 발휘하는 것만으로도 버텨내기는 했었다. 그러나 극성의 자하신공도 지금의 유만을 버티지 못한다. 그의 말에 따라 운허의 발이 한 걸음씩 그에게 다가가고 있었다.

"무리다. 인간은 나에게 버틸 수 없어."

온몸의 핏줄이 불거진 채로 저항하는 그를 보며 유만은 혀를 찼다.

그의 손이 운허의 이마에 닿았다.

"넘겨라, 너의 기억을."

유만의 의식은 운허에게로 스며들었다.

두 눈을 뜨고 보았던 그와 무척이나 닮은 가난한 부모들.

그들과 손을 잡고 주유하던 어린 시절. 도적들에 그들이 죽고 팔려 갈 위기에 처하던 어린 그의 손을 잡아준 사부 명현. 그걸 계기로 시작된 화산에서의 세월.

그의 기억 속에 나타난 자신의 모습과 한순간에 변해 버린 운허의 생활들을 더듬어갔다. 이대로 의식을 유지한 채로 그것들을 받아들였다.

그에게는 희미한 실패의 두려움과 절대적인 공포가 느껴졌다. 그리고 그걸 이겨내기 위한 묵묵한 노력과 그와의 해후를 기약하는 수많은 사람의 정.

유만은 그대로 매화비총에서의 의식까지 흘러 들어갔다.

그러나 그곳에서 이상이 생겼다.

매화비총에서 기억의 흐름이 끊겼다.

[잘 왔다.]

저 어두운 동굴 속에서 거칠고 낮은 목소리가 들렸다.

"넌……."

그 익숙한 것에 유만은 혐오감을 느꼈다.

목내이가 된 그의 반쪽이 다가오고 있었다.

"죽었을 텐데?"

[죽었지. 난 기억의 일부일 뿐이지.]

"호오, 흥미롭군. 그러면 비켜라. 너에게 볼일은 없으니까."

[난 있지. 내가 죽으면서까지 이 아이의 무의식에 남은 것에는 이유가 있으니까.]

"네놈은 내 반쪽이 아냐. 껍데기도 아닌 흔적일 뿐. 썩 꺼져라."

유만이 손을 저었다.

운허의 의식을 잠식하는 그의 압도적인 의식의 힘 앞에 반쪽의 모습이 흐릿해져 갔다.

[과연 그럴까? 네놈은 날 죽일 수 없었다. 그러면 내 기운을 흡수한 이 아이를 네가 죽일 수 있을까?]

"…뭐?"

[내 기운을 이 아이가 흡수했다. 이제 그것을 내가 깨우면 네가 이 아이를 죽일 수 있냐는 말이다.]

"……."

유만의 얼굴이 창백해졌다.

그긴 큰일이다.

운허가 정말로 반쪽의 기운을 흡수했다면 상황이 다르다.

[난 사라진다. 기대해라. 이 아이는 너처럼 반선으로 끝나지 않을 테니까.]

"아, 안 돼. 안 돼에에에!"

뒤늦게 자신의 반쪽이 사라지는 것을 본 유만이 놀라 소리 쳤다.

그러나 이미 모든 것은 늦었다.

운허에게로 들어가던 의식이 튕겨져 나오며 유만의 코에서 핏물이 흘러나왔다. 그리고 그는 자신을 보며 눈을 똑바로 뜬 운허를 볼 수 있었다.

아까 전과는 다르다.

그의 몸에서는 그와 너무나 흡사한 기운이 흐르고 있었다.

"내공이 강했던 것은 이 때문이었나."

유만은 이를 부득부득 갈았다.

흑영이 운허의 내공이 이상하리만큼 강하다고 말했을 때에 의심했어야 했다.

그러나 이미 상황은 늦었다.

그의 반쪽의 기운이 스며든 운허는 이미 그와 같은 반선이 라고 봐야만 했다.

"하지만 아직이다. 네놈은 일러. 보여주지, 반선의 깨달음 을."

유만이 손을 들어 올렸다.

그러자 갑자기 땅이 울리며 운허의 발밑에 금이 가고 강풍이 불기 시작했다. 바람에 이끌린 먹구름이 드리우며 어두워진 하늘을 천둥벼락이 찢어댔다.

"맙소사……."

눈앞에서 천지조화가 일어나고 있는 광경은 직접 보고서도 믿겨지지 않았다.

운허는 넋을 잃고 그걸 보고만 말았다.

뒤이어 장대비와 함께 우박이 쏟아졌다.

저 멀리서 떨어지던 천둥 벼락도 점점 가까이 오고 있다.

"모, 모두 물러나라!"

뒤늦게 정신을 차린 방헌 대사가 소리쳤다.

천둥벼락에 맞았다가는 아무리 그 같은 고수라도 살아남을 수 없었다.

"늦었어."

그러나 그보다 유만의 손짓이 더 빨랐다.

그는 먼저 빙헌 대사를 포함한 구파일방이 있는 곳을 가리켰다.

그러자 굵은 벼락이 그들의 머리 위로 떨어졌다.

"도망가라! 벼락이 떨어진다!"

그걸 코앞에서 지켜본 이들은 누가 먼저라고 할 것도 없이 도망갔다.

벼락을 맞은 이들은 누구도 움직이지 못했다.

섬세 타비린 몸뚱이 위로 비와 우박이 떨어질 뿐이었다.

"자. 견뎌봐라."

그리고 유만의 손이 운허를 가리켰다.

그러자 강력한 벼락이 운허의 몸으로 떨어졌다.

"흩어져."

그걸 끝까지 지켜보며 운허가 중얼거렸다.

그의 몸은 크게 비틀거렸다. 옷이 타버려 재가 되었지만, 그는 두 발로 서 있었다.

"그렇군. 무슨 뜻인지 알았어."

운허는 성파장을 유만이 막았을 때와 똑같이 검지로 머리를 가리켰다. 그가 의도를 하고 한 것은 아니다. 그저 벼락이 몸에 닿기 직전 무심결에 내뱉은 말이었을 뿐이다.

"바라는 대로 이루어지는군."

몸 안을 채우는 엄청난 힘.

운허는 마치 구름 위를 떠오르는 기분이 들었다. 그리고 그의 생각은 그대로 현실이 되었다. 그의 발이 땅에서 천천히 떨어지며 그는 공중으로 떠올랐다.

"건방진!"

유만의 벼락이 몇 번이고 운허의 몸에 떨어졌다.

그러나 그럴수록 운허는 반선의 힘에 익숙해졌다. 그저 벼락을 막는 것이 아니라 비와 우박을 그치게 하고 어두운 하늘을 그치게 해버렸다.

"이러면 너와 나의 차이는 뭐지?"

운허는 유만을 내려다보며 물었다.

"내려와라!"

그걸 보며 유만이 소리쳤다.

운허의 뜻과는 달리 발이 땅에 닿았다.

그러자마자 유만이 그의 몸에 주먹을 휘둘렀다.

서로 간에 같은 기운을 품고 있다.

그 말은 아까 전과 같이 자연을 부르는 것으로 승부를 볼 수 없다는 뜻이었다.

그러면 육신의 힘으로 승부를 봐야 했다.

운허의 몸이 크게 휘청거렸다.

그러나 곧 그도 지지 않고 맞받아쳤다.

유만이 뒷걸음질 치며 머리를 들이받았다.

처음만 하더라도 우위에 있던 것은 유만이었다.

반선인 그에게 인간의 힘이란 것은 애초에 의미가 없던 것이었다. 그러니 아무리 운허가 애를 써도 유만을 힘으로 압도할 수 없던 것이다.

그러나 같은 반선끼리라면 다르다. 신선의 힘으로 겨룰 수 없으니 인간의 힘으로 겨뤄야 했다.

반선의 경지에 오르고 제대로 된 수련을 하지 못한 유만의 몸과 이때까지 꾸준한 수련을 한 운허의 몸에는 엄연한 차이가 있었다.

유만은 점점 밀리기 시작했다.

운허의 몸에 자신의 기운이 섞인 것만으로도 치명적이다.

그를 죽이면 본인에게도 피해가 올 수밖에 없다. 자살이 되지 않더라도 자해까지 된다면, 반선의 경지가 크게 흔들릴 것이 분명했다.

그러면 어찌해야 하는가.

일단 운허를 죽이지 않고 제압해야 했다.

하지만 그게 불가능했다.

반선의 경지에 오르며 이때까지 막혀 있던 모든 것이 뚫리기 시작한 운허의 기세는 파도와도 같았다.

'힘이 안 된다면……!'

유만은 운허를 발로 걸어차 밀어내고는 검을 움켜쥐었다. 그리고 같은 생각을 한 운허 또한 검을 쥐었다.

그러나 유만이 조금 더 빨랐다.

일 합을 피하려고 생각하던 운허의 머릿속에 명종이 마지막으로 가르쳐 주었던 초식이 생각났다. 옥양자부터 시작하여 사부인 명현까지 이어진, 화산파가 아닌 근원파만의 무공. 명종은 끝까지 이해할 수 없었다던 그 한 초식.

지금은 알 것 같았다.

지금이라면 할 수 있을 것 같았다.

유만의 검이 운허의 어깨에 틀어박혔다. 그러나 운허의 검은 그의 심장을 가르고 지나갔다.

"내가 죽으면… 너 또한……."

"죽어도 좋아. 반선이 되지 못해도 상관없어."

운허 또한 알고 있었다.

유만이 그의 기억을 가지고 가려고 할 때, 그도 느낄 수 있

었다. 이미 유만과 자신의 기운이 같이 있다는 것을. 유만이
자신을 죽이면 위험하다는 것처럼, 운허 또한 그를 죽인다면
위험하다는 것을 말이다.
  "인간으로 죽으면, 사부님을 뵐 수 있겠지."
  점점 두 눈이 감겨가는 유만을 보며 운허는 중얼거렸다.
  유만의 숨이 끊긴 순간, 그 또한 의식을 잃어버렸다. 온몸에
차올랐던 기운이 빠져나가고 있었다.

終章

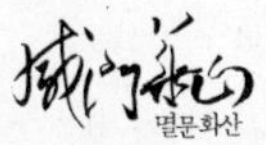

섬서대전이라 불렸던 사건이 지나가고 이십 년이 흘렀다.

잘려 나갔던 천년매화의 새싹은 무럭무럭 자랐다.

바람이 불면 끊어질 것 같던 연약한 가지는 어느새 구름에 닿을 듯 높아져 갔다. 나뭇잎은 풍성하여 뭉게구름을 얹어놓은 것만 같았다.

예전처럼 그 천년매화를 지키는 도사가 있었다. 한쪽 팔이 없는 날카로운 인상의 중년인이었다. 그에게로 어린 소년이 쭈뼛쭈뼛 다가왔다.

"죄송한데요, 혹시 여기가 화산인가요?"

"그렇네. 자네는 누구인가."

"소, 소개 받고 왔습니다. 안녕히 세요."

소년은 대뜸 고개를 숙여 인사를 하고는 품에서 서신 하나
를 꺼내주었다.

"…사부님의 서신이군. 서신의 주인인가?"

"예, 예! 백초 도사님이시죠? 아저씨가 도사님은 좋은 사람
이랬어요."

"후우, 따라오게."

백초는 한숨을 쉬며 위로 올라갔다.

수많은 향화객이 백초를 보며 고개를 숙였다.

백초는 귀찮아하는 내색 없이 일일이 그들의 인사를 받으며
지나가던 제자에게 천년매화 앞을 지킬 것을 명했다.

"저, 저기 얼마나 가야 하나요?"

험한 화산의 산세에 지친 소년은 금방 땀으로 몸을 적셨다.

두 다리를 짚고 선 것만으로도 부들부들 떠는 그를 보며 백
초는 매정하게 말했다.

"나를 놓치면 알아서 내려가게."

"잠깐만요!"

소년은 다급히 그를 쫓아갔다.

백초가 도착한 곳은 낙안봉의 성도각이었다.

그는 직접 성도각의 문을 열었다.

성도각 안에는 명상에 빠져 있는 화산파의 장문인, 백광이
있었다.

"장문사형. 사부님께서 보낸 서신과 선물이 왔습니다."

그의 말에 백광은 두 눈을 뜨고 기지개를 폈다.

"흐아아암. 그래? 선물이 뭔데, 사제?"

"막냅니다."

"응? 막내?"

백광이 놀라 백초 뒤의 소년을 보았다.

땀을 삘삘 흘린 소년은 주변을 두리번거리고만 있을 뿐이었다.

"그런데 이상하게 사부님 닮지 않았어요?"

운허가 보낸 서신이 왔다는 말에 부리나케 올라온 백령 또한 소년을 보며 솔직히 말했다.

"그러게. 너무 닮았는데."

백광이 의심스럽다는 눈으로 소년을 훑어보았다.

"그보다 사부님을 어떻게 만나게 되었지? 여기에는 그냥 막내라고만 적혀 있는데."

이야기가 엉뚱하게 새어 나가자 백초가 서신을 보이며 물었다.

"서원에서 만났어요."

"어디서? 지금 서원이라고 했나?"

운허가 공부하는 것을 싫어하는 것을 아는 백광이 놀라 물었다.

"예. 과거시험을 준비하다가 절 종종 도와주셨었어요."

"잠깐만. 설마 사부님께서 과거 준비 중이라는 말인가?"

"맞아요. 이번에 과거시험에서 탐화(探花)를 했음에도, 장원이 아니라면서 다시 볼 것이라고 했어요."

"……."

백광은 머리를 감싸 쉬었다.

　운허가 왜 그러는지는 잘 알고 있었다. 언젠가 부모님의 바람을 이루어 드려야 한다고 종종 말하고는 했다.

　그래서 백광에서 급하게 장문인 자리를 넘긴 것이 아닌가.

　"장원급제 다음에 결혼 아니었어요?"

　백령이 미간을 찌푸리며 물었다.

　화산은 출가도사이기에 엄연히 결혼을 금하고 있었다.

　"어! 맞아요. 아저씨가 종종 그 이야기도 했었어요. 장원하고 결혼해야 한다고."

　"……."

　백광은 한숨을 푹푹 쉬었다. 운허의 성격상 정말 결혼하기 전까지는 나타나지 않을 셈이지 싶었다.

　백초가 화제를 돌릴 겸 물었다.

　"그런데 자네는 왜 여기까지 왔나."

　"여기가 공부하기 좋다고 했어요."

　"그것뿐이었나?"

　"매화가 아름답대요."

　소년은 그렇게 말하고 웃어 보였다. 저 상태를 보니 서신에 적힌 막내라는 뜻이 무엇인지 모르는 듯싶었다.

　"그래. 인생 공부 하기 참 좋은 곳이지."

　백광은 속으로 웃음을 흘리며 그를 반겼다.

『멸문화산』 완결

이포두

노주일 新무협 장편 소설

FANTASTIC ORIENTAL HEROES

청어람이 발굴한 신인 「노주일」
그가 선사하는 즐거운 이야기!

내 나이 방년 스물셋. 대륙을 휘몰아치는 전쟁에서
간신히 살아남아 고향으로 돌아왔다.
사실 전쟁은 이미 이기고 지는 건 문제도 아니었다.
단지 전후 협상만이 탁상공론으로 오고 갔을 뿐.
하지만 전쟁터에서는 항시 사람이 죽어 나갔다.
이유도 알지 못한 채 그냥.
그러던 차에 전후 협상처리가 되고 나서 전역했다.
그리고는 곧장 뒤도 돌아보지 않고 고향으로!

『이포두』

내 가족과 내 친구가 있는 곳으로!

마 in 화산
魔四화
FANTASTIC ORIENTAL HEROES
용훈 新무협 판타지 소설

FUSION FANTASTIC STORY

HUNTER MOON
헌터 문
이훈 장편소설

보름달이 떠오르면 밤의 사냥이 시작된다.
헌터문(Hunter-Moon), 사냥꾼의 달.

귀계의 밤이 열리며 저물지 않는 달이 떠올랐다.
실체 없는 힘을 좇아 명맥을 이어온 퇴마사들,

이제 그들로 인해 세상이 뒤바뀐다.
[미녀들과 귀신 탐험대]의 사이비 퇴마사 예웅종과
그의 가족들이 펼치는 좌충우돌 퇴마기.

"퇴마사는 얼어 죽을! 그거 다 쇼야!"
"저기 하늘에 구멍이 뚫렸는데요?"
"으잉?"

Book Publishing CHUNGEORAM

유령이 아닌 자유추구
WWW.chungeoram.com